JN157370

収容所のプルースト

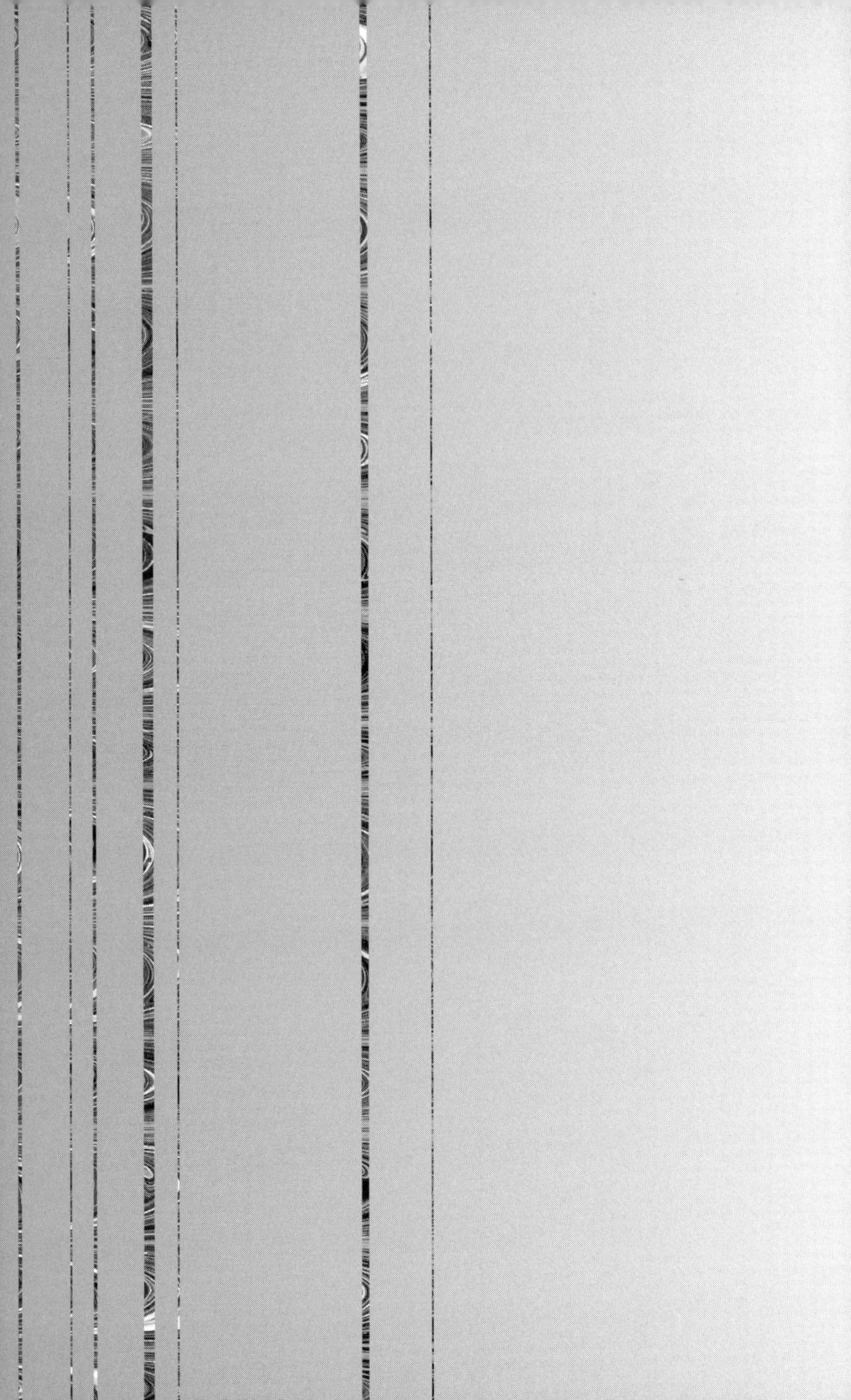

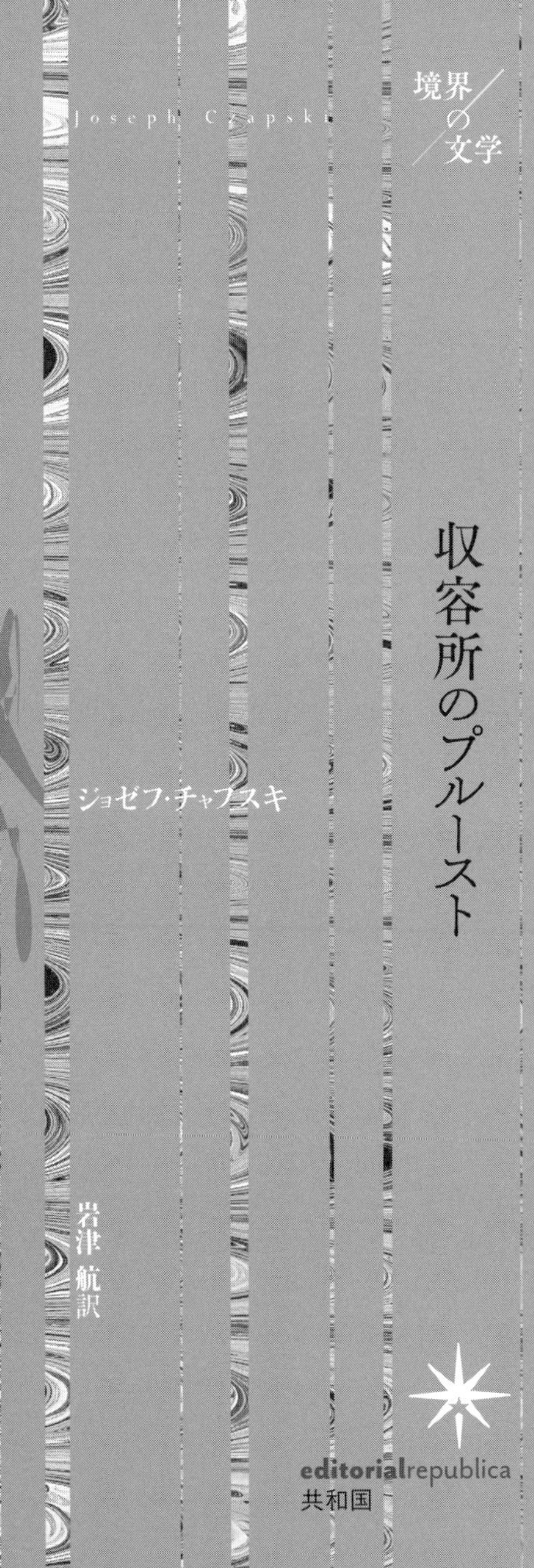

境界の文学

Joseph Czapski

収容所のプルースト

ジョゼフ・チャプスキ

岩津航訳

editorialrepublica
共和国

グリャーゾヴェッツ収容所で描かれた自画像（1940-41 年頃）

編者による注記

マルセル・プルーストに関するこの講義は、一九四〇年から一九四一年にかけて、ジョゼフ・チャプスキによってグリャーゾヴェッツのソ連収容所で同房者に向けて語られたものである。テクストは、一九四三年か一九四四年初頭に、消滅をまぬかれたわずかなノートをもとに、フランス語でタイプ打ちされた（本書では、手書きノートのうちの数葉を複製した）。一九四八年、このフランス語オリジナル原稿のポーランド語訳がパリの月刊誌『クルトゥーラ』第十二・十三号に発表された。題名は「グリャーゾヴェッツのプルースト」、訳者はテレザ・スクジェフスカである。

真正さを重視する立場から、われわれはジョゼフ・チャプスキのオリジナル原稿を、フランス語の誤りや話題の重複、ほかでは見かけない言い回しや句読点の打ち方に至るまで、そのまま尊重することにした。固有名詞だけは通常の綴りに直したが、それ以外は何も手を入れていない。

瞠目すべき記憶力と理解力をもって、チャプスキは『失われた時を求めて』の諸場面をまるごと再現している。ときには、フレーズそのものをかなりの正確さで引用している。そのおかげで、われわれは難なく正確な引用箇所を見つけることができた（これについては、注に載せた）。

収容所のプルースト

目次

凡例

一、本書は、Joseph Czapski, *Proust contre la déchéance. Conférences au camp de Griazowietz*, Noir sur Blanc, coll. « libretto », 2012. の全訳である。

一、ファーストネーム Joseph は、ポーランド語では Józef（ユゼフ）だが、本書では底本に従ってフランス語読み（ジョゼフ）で統一した。

一、原書の冒頭には、Note sur le texte と題する一文が加えられているが、執筆者（実質的な編者）は無署名。本書では、「編者による注記」として訳出した。

一、本文中の〔 〕は、すべて訳注である。比較的長い訳注は、本文中に（1）（2）……の番号を付し、後注とした。原注は、引用箇所の特定などに事実誤認が少なくなかったため、すべて訳者による注として後注に一括した。諒とせられたい。

収容所のプルースト

著者による序文（一九四四年）

プルーストに関するこのエッセイはもともと、一九四〇年から一九四一年にかけての冬のあいだ、ソ連のグリャーゾヴェッツにあった元修道院の冷えきった食堂、すなわち捕虜収容所の食堂でもあった部屋において口述筆記されたものである。

以下に読まれる文章が正確さを欠き、主観的であるとすれば、それは収容所に図書室がなく、自分のテーマに見合った本が手元に一冊もなく、最後にフランス語の本を読んだのが一九三九年九月だったということに、いくらかは起因する。

わたしがなるべく正確に描こうとしたのは、プルーストの作品に関する記憶でしかない。だから、これは言葉の本当の意味では文学批評ではなく、わたしが多くを負っていた作品の思い出、わたしが二度と再び生きて読み直すことができるかもわからなかった作品についての思い出を提示したものである。

わたしを含め、四千人のポーランド人将校が、ハリコフに近いスタロビエルスクの十ヘクタールから十五ヘクタールほどの土地に押しこめられて、一九三九年十月から一九四〇年の春までを過ごした。精神の衰弱と絶望を乗り越え、何もしないで頭脳が錆びつくのを防ぐために、わたしたちは知的作業に取りかかった。講義を担当する人が出てきて、軍事、政治、文学について語り始めた。これはそのときわたしたちを管理していた連中から反革命的であると判断され、講義を行なった人のうち何人かは、すぐにどこか知らないところへ移送されてしまった。講義はそれでも中断されずに続けられたが、以後は入念に隠れて行なわれた。

一九四〇年四月に、スタロビエルスク収容所全体が少人数のグループに分割されて、北方へ移送された。このとき、コゼリスクとオスタシュコフという二つの大きな収容所の捕虜も併合したため、全体では一万五千人に及んだ。これらの捕虜のうち、再び帰還することができたのは、ヴォログダ近郊のグリャーゾヴェツに、一九四〇年から一九四一年にかけて収容された四百人の将校と兵士に、ほとんど限られる。四千人いたスタロビエルスク収容所の仲間のうち、わたしたち七十九人がそこへ運ばれた。スタロビエルスクにいたほかの仲間は、まったく行方もわからないまま、消え失せてしまった[1]。

グリャーゾヴェツは、一九一七年以前は巡礼の地であり、修道院が存在した。修道院付属の教会はダイナマイトで爆破され、廃墟となっていた。部屋には建材が転がり、南京虫だらけの寝袋は、わたしたちの前にフィンランド人の捕虜たちが使ったものだった。

何度も請願した結果、毎回テクストを事前の検閲に出すという条件で、ここでなら正式に講義をしてもいいことになった。仲間であふれ返った小さな部屋で、わたしたちはそれぞれ、自分がいちばんよく覚えていることについて語った。

書物の歴史について、たぐいまれな描写力をもって語ったのは、ルヴフ出身の熱烈な愛書家エルリッヒ博士〔Ludwik Ehrlich（1889-1968）のことか。ルヴフ大学の法学者で、戦後のハーグ国際司法裁判所にアドホック判事として参加〕だった。イギリスの歴史、それに移民の歴史をテーマにしたのは、グダンスクの日刊紙の元記者でマラルメを崇拝するピンスク出身のカミル・カンタク神父〔Kamil Kantak（1881-1976）、ポーランドの神父・歴史家〕だった。建築の歴史はワルシャワ政治学院のシエンニキ教授〔Jerzy Siennicki（1886-1956）、ポーランドの政治学者〕が語り、自らタトラス山脈やコーカサス山脈、アンデス山脈などに登った経験があり、登山に関する優れた著作のあるオストロフスキ中尉は、わたしたちに南米のことを話してくれた。

　わたしはと言えば、フランスとポーランドの絵画について、そしてフランス文学について一連の講義を行なった。わたしは重い病気からの恢復期にあり、幸運にも重労働を免除され、ただ修道院の大階段を掃除し、じゃがいもの皮を剝くだけでよかったので、自由に、ゆっくりと夜のおしゃべりの準備をすることができた。

　いまでも思い出すのは、マルクス、エンゲルス、レーニンの肖像画の下につめかけた仲間たちが、零下四十五度にまで達する寒さの中での労働のあと、疲れきった顔をしながらも、そのときわたしたちが生きていた現実とはあまりにもかけ離れたテーマについて、耳を傾けている姿である。

わたしは感動して、コルク張りの部屋でびっくりしているプルーストの顔を思い浮かべた。まさか自分の死後二十年経って、ポーランドの囚人たちが、零下四十度はざらに下回る雪の中で一日を過ごしたあとに、ゲルマント夫人の話やベルゴットの死など、あの繊細な心理的発見と文学の美に満ちた世界についてわたしが覚えていたことの全部に、強い関心を寄せて聞き入ることになるとは、さすがの彼も思わなかっただろう。

ここで二人の友人に謝意を表しておきたい。一人は、現在カイロで『パレード』誌のポーランド語版の編集に従事しているW・ティーヒ中尉、もう一人は、イタリア前線でわたしたちの軍医だったイメク・コーン中尉である。グリャーゾヴェッツ収容所の寒くて悪臭の漂う食堂で、わたしの講義を書き留めてくれたのは、この両者である。

わたしたちにはまだ思考し、そのときの状況と何の関係もない精神的な事柄に反応することができる、と証明してくれるような知的努力に従事するのは、ひとつの喜びであり、それは元修道院の食堂で過ごした奇妙な野外授業のあいだ、わたしたちには永遠に失われてしまったと思われた世界を生き直したあの時間を、薔薇色に染めてくれた。

シベリアと北極圏の境界線の辺りに跡形もなく消え失せた一万五千人の仲間のうち、なぜわたしたち四百人の将校と兵士だけが救われたのかは、まったく理解できない。この悲しい背景の上に置くと、プルーストやドラクロワの記憶とともに過ごした時間は、このうえなく幸福な時間に見えてくる。

このエッセイは、ソ連で過ごした数年のあいだ、わたしたちを生き延びさせてくれたフランスの芸術に対するささやかな感謝の捧げ物にすぎない。

プルーストに関する連続講義

グリャーゾヴェツ、一九四一年

プルーストとの出会い

わたしがプルーストの本を手にしたのは、一九二四年になってからのことでした。パリに着いたばかりで、フランス文学と言えばファレールとかピエール・ロチとかの二流小説しか知らず、誰よりも好きな作家は、文体の点から見れば少しも独創的でなく、フランス語の点から見れば少しも典型的でない、あのロマン・ロランでした。(2) そこでわたしは、この国の現代文学を探ってみようとしたのです。

当時は、『クレーヴの奥方』風の短い心理小説であるラディゲの『ドルジェル伯爵の舞踏会』が大成功を収めていた時代です。また、コクトーやサンドラールやモランが有名になりつつあり、電報みたいに短く乾いた文体が好まれた時代でもありました(3)。これが、ひとりの外国人がフランス文学の表面に見たものでした。

とはいえ、ストック書店が、レオン・ブロワの不当に低く評価されてきた『哀れな女』などの小説を再刊し、NRF〔『新フランス評論』誌〕がシャルル・ペギーの作品を再刊したのも、その頃のことです(4)。同じ頃、『失われた時を求めて』が、分厚い分冊で次々に刊行されていました。プルーストという名前の作家の大作で、一九一九年にゴンクール賞を獲得し、最近亡くなったところでした。

『舞踏会』の古典主義や、コクトーの手品師めいた詩に魅せられていたわたしは、同じ頃、ペギーの『ジャンヌ・ダルク』における神秘の世界を、同じ主題に無限に立ち返り反復するその奇妙な文体とともに、震えながら発見しました。でも、プルーストとわたしを隔てる障害を乗り越えることはできませんでした。どれかの巻で(『ゲルマントの方へ』だったか〔正しくは『ゲルマントの方』〕)、社交界のパーティーの様子が数百ページにわたって描写されているのを、読まされたからです。

この本のエッセンスを味わい、珍しい形式を評価するには、わたしはフランス語を知らなさすぎました。わたしが慣れていた本では、なにか事件が起き、もっと早く筋が展開し、もっとわかりやすいフランス語で語られていましたが、これほど繊細で、豊かさにあふれた書物を読みこなすのに十分な文学的教養は、わたしにはありませんでした。この本は、当時の動き続ける精神とは矛盾するものであり、しかも若いわたしたちは素朴にも、その精神が未来永劫続いていくものだと思っていたのです。プルーストの長大なフレーズは、無数の「ところで」を含み、多様で離れ合った要素を、思いがけない連想によって繋いでいきます。複雑にからみ合った主題を、まるで上下関係がないみたいに扱っていく奇妙な方法。このきわめて的確で豊かな文体がもつ価値を、わたしはほとんど感じ取ることができませんでした。

それから『消え去ったアルベルチーヌ』（『失われた時を求めて』の第十一巻〔正しくは、初版の第十三巻〕）を開いたのは、一年以上が過ぎてからです。すると今度は、いきなり最初のページから最後のページまで一気に読み通すことができ、しかもしだいに陶然とした心地になったのです。最初にわたしを捉えたのは、プルーストの繊細なマチエールではなく、本巻の主題でした。アルベルチーヌに去られた恋人の絶望と苦しみ、過去を振り返り感じる嫉妬のかたち、身を焼くような思い出、熱を帯びた探求、細部や連想を掘り起こす偉大な作家による心理的洞察。それらはわたしの心を打ちました。こうしてようやく、いままでに見たこともない正確さを伴った心理分析の新しい道具と、新しい詩的世界を発見し、その文学形式の尽きることない豊かさを知ったのです。しかし、この活字のぎっしり詰まった数千ページを読む時間を、どうやって捻出すればいいのでしょうか。わたしが作品の全文を読むことができたのは、チフス熱のため、ひと夏のあいだ、ほかに何もできなかったからです。わたしは何度も原文に立ち戻り、そのたびに新しい焦点や新しい遠近法を見出しました。

プルーストとフランス芸術

プルーストが文学的素養や世界観を発展させたのは、一八九〇年から一九〇〇年にかけてのことです。そして、一九〇四年または一九〇五年から一九二三年のあいだに、作家のほとんど全作品が創造されます。[5] この時代は、フランスの芸術および文学にとって、どのような時期だったのでしょうか。

思い出してほしいのは、ゾラの教え子たちが書いた『反自然主義宣言』が刊行されたのが一八八九年だったことです。[6] 反自然主義の反動は、この運動の主導者にまで達していました。それは、プルーストも通った高校の教師だったマラルメ[7]を中心とする象徴主義の時代であり、メーテルランクが世界的な成功を収めた時代です。一八九〇年から一九〇〇年は印象派の栄光の時代であり、ラスキンによって初期イタリア絵画が脚光を浴び、ヴァグナー主義がフランスで流行し、新印象派の画家たちが、印象派の要素のいくつかを用いながらも、同時に、あきらかに自然主義的な印象派の本質と対立する探求を続けていた時代でした。音楽では、ドビュッシーが頭角を現し、絵画における印象派や新印象派の傾向と連動していました。コレージュ・ド・フランスでは『創造的進化』で有名なベルクソンが講義し、劇場ではサラ・ベルナール〔Sarah Bernardt（1844-1923）、フランスの名女優〕がまだ絶頂をきわめていました。一九〇〇年以降になると、ディアギレフのバレエ・リュスが始まり、ロシア音楽と舞台装飾のオリエンタリズムの人気が爆発し、ムソルグスキーとレオン・バクストによる『シェヘラザード』があり、ついにメーテルランクとドビュッシーがオペラ座で『ペレアスとメリザンド[8]』を上演するに至ります。

これが、プルーストの創造的感受性が根を張った土壌です。これらの芸術上の事件は彼の作品のなかに消化され、置き換えられたかたちで見出すことができます。

自然主義（写実主義の最後の段階）とその反対派、とくに象徴主義は、ともに十九世紀末において、さまざまなニュアンスに富んだ、きわめて豊かな運動でした。お互いに衝撃を与え、もつれ合った関係でしたが、それらが劃然と区別されるのは、後年の教科書のなかの話でしかありません。生前のマラルメは、自然主義の創始者のひとりであるゴンクールと親交が深かったし、ゾラともよく会っていました。そして、ゾラの方は、もし時間があれば、「マラルメ的なもの」をぜひ書きたい、とさえ言っていたのです。[9] それはつまり、マラルメの詩的発見は、ゾラの自然主義のテーゼと何ら矛盾するものではなかったということです。

けれども、当時の芸術の枠組み全体をかたちづくる両派の要素のからみ合いや、両立するはずがないとされたコンセプトを、最も高い次元で表現してみせたのは、マラルメの親友でもあった画家ドガ〔Edgar Degas（1834-1917）、フランスの画家〕です。ドガは、ドラクロワとアングルを同時に熱烈に賛美し、最初期の印象派の連中とともに作品を出展しました。踊り子や競馬、アイロン片手にあくびする洗濯女や、これ以上ないほどの分析を加えた肖像画を描いたこの画家は、何よりも自然主義者でした。彼は最初に写真術を発見した人であり、正確で冷徹な眼で、それまでの芸術が見落としていたパリの生態を研究しました。そして、友人である印象派の画家たちにも反駁しました。彼らが古典主義絵画を支配する原理や抽象的な規則、構成や画面などへの配慮を嫌っているのを見て、ドガは激怒しました。彼は、調和や構築に関する抽象的な感覚と、現実に対する直接的な感性を統合し、印象派の探求とプッサン流の古典主義の伝統を結びつけることに、終生努力したのです。

それにまた、ドガはマラルメ風の純粋なソネットを作り、ヴァレリーに賛美された人でもあります。『失われた時』の主人公も、まさに同時代の芸術の最高権威として、ドガを引き合いに出しています[10]。

プルーストのヴィジョンが生成された十九世紀末は、芸術が頂点に達した時期でした。フランスは多くの才能ある芸術家を生み出し、彼らは時代を引き裂く深い矛盾を乗り越えようとして、総合的な芸術へ到達しました。そこでは、抽象的要素が、現実世界を直接的かつ正確に感じ取ることと合わさっています。総合といっても、それは個人的な分析の膨大な蓄積によるものであり、出来合いの、あるいはどこかから借りてきた要素を一定の概念に置き換えることではありません。しかし、文学においては象徴主義、絵画においてはゴーガン（「この自然というやつ」）に代表される反自然主義の運動は、時とともに、短い全盛期を過ぎ、一九〇七年〔ピカソの「アヴィニョンの娘たち」が発表された年〕にはキュビズムに到達します。つまり、現実を研究する態度とは完全に対立する芸術にです。アヴァンギャルドの時代に、キュビズムはイタリア発祥の未来派と互いに衝撃を与え合い、後者はプルーストにとって聖域だった美術館をすべて破壊せよと宣言しました。とはいえ、この作家は、個人的な不運と膨大な仕事量と病気のせいで、しだいに部屋に閉じこもるようになっていました。自分の作品に取り憑かれた彼は、同時代の芸術潮流とはすっかり無縁な状態で執筆を続けました。第一次大戦後、キュビズムと未来派とその分派は、凱歌を挙げて、その威光の届く範囲を広げていました。彼らは巧妙に人目を惹く言い方で、他の芸術は永遠に過去のものになった、と宣言しました。

プルーストの書物は、一見すると、まったく別の世界の、大仰な芸術を語る、きわめてブルジョワ的な古くさいスノビズムに見えます。貪欲で、熱狂しがちで、原則として革命的であろうとする若者は、フランス文学の歴史をほとんど知らず、フランスの土地さえも知らず、プルーストの作品が膨大な文学的伝統の遺産の果実であることも知りません。第一次大戦後、世界中からパリに押し寄せてきた「野蛮人」たちには、プルーストは、ぱっと見ただけでは異質で、絶対に受け入れがたい作家でした。

病気と母親の死

どんな偉大な作品も、それぞれの仕方で作者の人生と結びついています。けれども、プルーストの作品の場合、その結びつきはより明白で、おそらく全面的です。そもそも、『失われた時』の主題は、フィクションに移しかえられたプルーストの人生なのですから。主人公は「私」と言い、多くの部分で、読者はほとんどごまかしのない告白を読んでいる気にさせられます。主人公について言えば、たった一人の孫である彼を世話し、溺愛する祖母の姿は、数えきれないくらいの点において、作者の母親を思わせます。シャルリュス男爵の原型はモンテスキュー男爵[11]です。この人物は当時の社交界で（その饗宴と独創性によって）最も際立った貴族でした。一九〇〇年代の社交界の記録がそのまま再現されているわけではありませんが、作品全体が、社交界を再創造し、フィクションに置き換えて表現しています。

主人公はプルーストと同じように病気で、プルーストと同じ場所に住み、プルーストと同じく若い頃は創造力の枯渇に苦しみ、作者と同じような過敏さで物事に反応します。そして、プルーストと同様に、祖母を失った不幸（作者の場合は母親の死）と悲しみに心を引き裂かれた経験が、同じ効果をもたらします。非現実の感覚や人生の味わいを知り、そして真の人生、真の現実は創造のなかにあるという決定的な理解に至るのです。

友人たちは、作家になることを実現し、成熟した人間として、彼を再発見しました。洞察力に優れた人のなかには、すでにその偉大さと天才を感じ取った者もいました（プルーストに関する最も素晴らしい研究は、一九二四年から一九二六年頃にＮＲＦが刊行した『プルーストへのオマージュ[12]』です。モーリヤック、コクトー、ジッド、フェルナンデス、ルノルマンらの論文が掲載されています。私が知る限り、最も生彩に富み、最も感動的なのはレオン・ポール・ファルグの文章で、ほかのものは、今は覚えていません）。

ごく若い頃から、プルーストは最先端の流行に敏感なパリでもとびきりエレガントなサロンに出入りしていました。シュトロース夫人（旧姓アレヴィ）は、フランスの大ブルジョワのなかでも最も才気あふれる女性でしたが、彼女はプルーストのことを「私のかわいい従僕」と呼んでいました。美しい黒い眼をした十八歳の少年だったプルーストは、毎週開催されたパーティーで、夫人のそばのクッションスツールに座っていたのです。プルーストは、カイヤヴェ夫人のサロンの常連になり、アナトール・フランス〔Anatole France（1844-1924）フランスの小説家〕のサロンにも通いました。そこでは、当時のフランスの文学者および政治家が一堂に会していました。ついには、最も閉鎖的なフォーブル・サン＝ジェルマン[13]の貴族社会とも、親密な関係を築くに至ったのです。

二十歳を過ぎて数年経った頃に、プルーストは、幼年期から続いていた病気が生涯完治しないらしいことを悟りました。彼はそれに慣れ、その病気を必要悪として受け入れることで、自分の生活を整えました。プルーストがどれほど病気だったかということを、友人たちは死後になって初めて知ったのです。そして、彼の活発さがどれほど体調に悪影響を及ぼしたか、ということも。というのも、若い頃でさえも、外出するたびに、数日から数週間の休息が必要だったのです。

年齢とともに、プルーストはどんな臭いや香りにも耐えられなくなりました。「すぐに出ていって、入り口でハンカチを捨ててきてくれ」と、彼は友人に言ったものです。彼らは香水を振りかけたハンカチをたまたま持っていたのです。花咲くりんごの樹をあれほど見事に描いた作家は[14]、ある日、果樹園をもう一度見たいと思い立ちます。そこで彼は窓を閉じた車でパリから旅立つことにしましたが、花咲くりんごの樹を、ただガラスを下ろした窓越しに見ただけでした[15]。作品に没頭すると、どんな物音も耐え難いものになり、最後の数年間はコルク張りの部屋で、ピアノの横に置いたベッドに横たわって仕事をしました。ピアノは本の山で覆われていました。ナイトテーブルには薬と、神経質な筆跡で覆われた紙片が溢れかえりました。彼は最も書くのに適さない姿勢で書きました。つまり、寝転がって、右肘で身体を支えて。彼自身、手紙のなかで、「書くことは自分にとっては苦行だ[16]」と言っています。

いつも病気だったプルーストの生涯において、母親がどれだけ大きな役割を果たしたかということについては、先にも触れました。母親は息子を溺愛し、ほとんど片時も離れることがありませんでした。プルーストは女性的な性質の持ち主ですが、母親が亡くなるときまで、その唯一無比の思慮深い愛情の空気を吸って生きていました。感情、知性、芸術に関する情熱がしょっちゅう燃え上がり、彼は母親の存在がどれほど自分にとって不可欠なのかを、どうやら忘れていたのです。彼女は息子の才能とひらめきを、ほかの誰よりも信じていました。若い頃の友人たちは、プルーストのことをスノッブで、人生に失敗した人間だと思っていました。父親はといえば、活動的で現実的な人でしたから、息子の生き方を見ると、何もしていないことにいらだち、キャリアを築いていけない様子に失望していました。プルーストは、母親への愛情をめぐる起伏を、作品のなかでは、主人公と祖母との関係に置き換えています。若い男のエゴイズムのせいで、当時の彼はどれほど母親（作品中では祖母）の愛が絶対的で、利害を離れた、崇高なものだったかを理解できないでいました。母親の死後ずっと経って、ほんの些細な点から若者の冷酷さを暴き立てる冷静な正確さは、作家が自分自身を分析するにあたって、どれほど人間特有の自尊心から解放されていたかを証明しています。ふつうなら、自己を美化するか、少しは書き換えるものです。

ひとつ例を挙げるなら、まだ十五歳か十六歳の少年だった若き主人公は、シャンゼリゼの公園で遊んでいて、ジルベルト（スワンがジャンヌの前に付き合っていた元愛人オデットの娘）[17]という少女と出会います。早くシャンゼリゼへ行きたくて、夕食が終わるのを待ちきれずにいる主人公の苦しみは、その激しさにおいて、何年も前に、田舎の家で、ママのおやすみのキスを待ちわびた男の子の苦しみと比較されます。あるとき、もう病気になっていた祖母が、夕食前に日課にしていた馬車での散歩からなかなか戻ってこず、ずいぶん遅れたことがありました。そのとき、主人公が最初に思ったのは「おばあさんはまた心臓発作を起こしたんだろう、きっと死んでしまったんだ、だからぼくがシャンゼリゼへ行くのは遅れてしまうだろう」ということです。そして、同じように距離を置いた、いわゆる無関心という客観的な見方をもって、こう付け加えるのです、「人は誰かを愛するとき、もう誰も愛さなくなるのだ[18]」。こうした話が無数にあって、それが息子と母親の愛情の光と影を深めていくのです。そこには、作家が実際に生きた、個人的で親密な感情の痕跡が刻まれています。

　プルーストの母親は一九〇四年か、一九〇五年頃に亡くなりました〔プルーストの母ジャンヌは一九〇五年九月二十六日に死去〕。それはプルーストが経験した最初の大きな不幸、最初の別れでした。社交界に出入りし、神経質で未熟で混沌とした彼の生き方は、仕事することを不可能にし、健康状態を悪化させることになり、この二つの点において、ひそかにではありましたが、母親を苦しませていました。その生き方が、いま破られたのです。苦しみに打ちひしがれたプルーストは、社交界の友人たちの前から、長いあいだ、姿を消しました。彼が作家になるのを見たいという母親の夢は、具体的かつ決定的なかたちで、彼の頭を占めるようになります。今までに書いたものといえば、社交界に関する記事がいくつかと、ごく若い頃に書いた真実のヴィジョンに関するスケッチ（「車から見たポプラ並木[19]」と『愉しみと日々』〔一八九六〕は、どちらも当時は評価されませんでした）しかありません。大きな作品の胎動を感じながらも、まだそれを実現できないと思ったプルーストは、自分を文学創造に結びつけてくれる大変な仕事に着手します。それは、ただ一過性の熱狂によるのではなく、日常的に、口に苦味を覚えながら仕事をすることを彼に教えてくれました。彼はラスキン全集の翻訳に取りかかったのです。

ラスキンはプルーストの世代に絶大な影響を与えました。一八九〇年から一九〇〇年にかけて、イタリアの初期ルネサンス絵画の再評価や、ヴェネツィア礼賛、ボッティチェリ愛好が流行したのは、すべてラスキンの著作のおかげです。プルーストは長大な序文を付けて翻訳を刊行しました。[20] これによって、プルーストは人生の第二ステージに突入しました。社交界に出入りしたり、恋愛をしていたときと同じような、かぎりない情熱をもって。プルーストは自分の文学的な仕事に深入りしていきます。このときから亡くなるときまで、しだいにコルク張りの部屋で仕事に没頭するようになりました。晩年になっても、サロンやホテル・リッツで彼を見かけることはありましたが、それは突発的な外出にすぎませんでした。プルーストはただ、自ら書きつつある新しい、巨大な人間喜劇に必要な正確な情報を「植物採集[21]」するためだけに出かけたのです。

感情的で視野の狭いエゴイストだった男が、苦しみながら、ゆっくりと、作品にすべてを捧げる男へと変化していきます。そして、その作品は彼を貪り、破壊し、血を吸って成長するのです。こうした過程は、どんな創造者でも経験するものです。「一粒の麦もし死なずば……」〔新約聖書『ヨハネによる福音書』十二章二十四節。アンドレ・ジッドの自伝的作品の題名にも採られた〕。創造者としての芸術について言えば、この変化は違っていて、多かれ少なかれ意識的で、しかし全面的に実現します。創造者の人生においては、伝記は三十五歳までを考慮すべきであり、そこまでしか考慮できない、とゲーテは言いました。それ以後は人生ではなく、作品が人生の中心となり、しだいにそれだけが関心の対象となってくる作品の素材と格闘するようになるのです[22]。

しかし、ごく稀に、ひとりの人間の二つの生のあいだにある断絶が、ひどくはっきりしていることもあります。コンラッドは三十六歳で船を下りて、きっぱりと海を捨ててから、文学作品を作るために多大な努力をしましたが、ここには類似したものがあるように思われます。反対に、コローは、何のドラマも葛藤もない芸術家の典型に見えます。この田舎の絨毯職人の息子の伝記は、単調で規則的で、唯一の愛人はいつも芸術だけです。もちろん、私は必然的に話を単純化していますよ。そうしなければ、もっと議論しなければならない問題が出てくるからです。それでもなお、コローの作品に見られる究極の調和と柔らかさ、宝石のような色調（ヴァルール）と平衡は、彼が時代を超えて、究極の現代性から逃れるのに役立ちましたし、それは彼の人生の態度と深く結びついている、と言っても、コローを裏切ることにはならないと思います。

認識の遅れと啓示

プルーストの知り合いや表面的な読者が、この作家のうちにスノビズムを見たというのは、なんと滑稽なことでしょう！ 社交界をあれほどの明晰に、距離を置いて眺めたこのレベルの作家に対して、スノビズムなどという言葉が何を意味するというのでしょうか。

プルーストはだんだん夜型の生活に入っていきます。健康状態は年を追うごとに悪化しました。奇妙な症状がいろいろ出たのですが、なかでも彼は身体中の冷えに悩まされます。彼の礼服用のシャツには見えないように裏地が付けてありました。シャツには茶色の焦げ跡がありましたが、それは着る前に「こんがりと」シャツを温めていたせいです。[23] 数年前まで彼も常連だった、最も閉鎖的なサロンで、ときどき彼を見かけることがありました。それも、みんながそろそろ帰ろうかという時刻になって、ようやく現れると、すぐさま人々の関心を惹きつけ、その才気でみんなの気持ちをつかんでしまい、夜明けまで帰さない、という有様でした。また、あり得ないような時刻に、浪費家や遊び人の集うホテル・リッツにいることもありました。けれども、彼はごく稀な気晴らしを除けば、めったに外出しなくなります。そして、しだいに時間の観念を失っていきます。

やがて戦争が始まります。重い病気を患うプルーストにとって、徴兵は問題外でした。しかし、温室育ちのプルーストは、一九一四年以前のフランスというあまりに自由で非官僚的な体制のなかで生きてきたため、戦争になれば市民が従うべき規則について、少しもわかっていませんでした。それに、軍当局の前で彼の立場を危うくしかねない何らかの欠落があるかもしれないという激しい恐れを抱いていました。プルーストは、突然、徴兵検査へ出頭すべしという召集状を受け取ります。彼は時間もわからなくなり、一晩中眠らずに、薬をむさぼるように飲んで、午前二時に検査所へ出頭します。そして、検査所が閉まっていることにひどく驚きながら、帰宅しました(24)。

すでに戦後になり、ということは、つまり彼の晩年ということですが、クレルモン・トネール公爵夫人が、慈善公演の際にオペラ座のボックス席を貸し切りました。そうすれば、プルーストが作品の素材としている社交界の人々を、もう一度見ることができるだろう、と彼女は思ったのです。プルーストは遅れて到着し、ボックス席の隅に座ると、舞台に背を向けたまま、しゃべり続けました。翌日、公爵夫人は彼に言います。もしオペラ上演に興味がなかったのなら、わざわざボックス席を貸し切って、あなたに来てもらうまでもなかった、と。プルーストは優しく微笑み、これ以上ないほど正確に、舞台と劇場で起きていたことを話し出し、誰の注意も惹かなかった観客の細部まで付け加えました。「どうぞご心配なく。作品のこととなれば、私にはみつばちなみの予知能力が備わるのです」。[25] プルーストの感受性が十全に実現されるのは、文学的な仕事のなかにおいてなのです。

　プルーストは、出来事に対して、遅れて、そして複雑に反応します。たとえば、ルーヴル美術館を訪ねても、プルーストはすべてを見ていながら、何一つ反応を示しません。しかし、その晩、ベッドに横たわると、感激のせいで本当に発熱してしまうのです。彼の感受性は彼の友人たちよりもはるかに強いのですが、その反応の仕方は違っていて、別の時間に発揮されるのです。感情生活における不幸も、そうした感受性のために受けたどんなささやかで残酷な傷も、彼にとっては、孤独のなかで、自分が生きた印象の世界を再創造し、再鋳造し、『失われた時』のなかに移し替えるのに、何よりも役に立つものでした。

　優しい子供の頃から、プルーストは自分の天分を自覚していました。何らかの印象に触れた瞬間の感激をすぐに吐き出すのではなく、印象を深め、正確に見極め、その根源にまで至ることでそれを意識化することこそ、自分の義務だと思っていました。池に映る陽光の反射に魅了された少年が、傘で地面を叩いて、「ちぇっ、ちぇっ、ちぇっ」と叫んだことを、プルースト自身が語っています[26]。その頃すでにプルーストは、感じたことをすぐに外在化するのではなく、印象を深めることこそが自分の主要な義務であると感じていました。プルーストは、『見出された時』のなかで、素晴らしい音楽を聴いて、その感動をさまざまな身ぶりで、よくわからないまま表現せずにはいられない熱狂的な人々のことを、からかっています。おお、ちくしょう、くそっ、こんなすごいの聴いたことない[27]！

私たちはプルーストの作品のなかで、いくつかの出発点に遭遇します。もはや古典となった幻視的な部分を読めば、創作過程の鍵が手に入ります。それは『スワン家の方へ』の第一巻におけるマドレーヌであり、『見出された時』の最後から二番目の巻における不揃いな舗石です。病気の主人公は、紅茶のカップを手に取り、マドレーヌを紅茶に浸します。湿った生地の匂いは、同じようにマドレーヌのかけらを食べた少年時代のことを思い出させます。それは望んで甦った記憶ではなく、少年時代が年代順に思い出されたわけでもありません。そうではなくて、匂いのしみついたマドレーヌとともに、この紅茶のカップから浮かび上がってきたのは、無意志的な喚起だったのです（プルーストは、芸術においては無意志的記憶だけが重要である、と何度も主張しています）。日本の紙細工（これはプルーストが用いた比喩）は、水に浸すと、開き、大きくなり、ついに花や家や顔のかたちを見せるに至ります。それと同じように、マドレーヌの匂いによって喚起された記憶が立ち上がり、深まり、しだいに彼の生家やゴシック様式の古い教会や少年時代の田園風景のかたちをとり、年老いた伯母たちや料理人のフランソワーズや家の常連スワン氏といった、彼の母親や祖母が愛した人たちの顔が浮かび上がってきます。[28] この、最初はごく些細な印象が、作品全体を予告しているのです。

作品のもうひとつ別の点に着目すると、プルーストの創造原理だけでなく、彼の伝記そのものの秘密がわかります。それは、自分の天分についてはっきり理解したときのことで、ほとんどカモフラージュされていない告白のように見えます。それは作者自身によって生きられ、主人公によってひとつの啓示のように語られます。作家になるための不毛な努力に疲れ果て、何年にも渉ってさまざまな葛藤を覚え、誰かのために絶え間なく、しかも不完全な犠牲を捧げ、快楽を追求し、人付き合いに明け暮れ、気軽な関係を結んだりした末に、主人公（あるいはプルースト自身）は、ついにあきらめます。自分は作家ではない。才能に見放されており、わずかな希望の光を見たにすぎなかった。もう若くない、自分自身に正直に打ち明けるべきだ、と。結論はこうです。もし作家が天職だというのが夢にすぎなかったとしたら、それに合わせて、少なくとも残りの人生は、後悔も良心の咎めもなく友人と交際し、社交的で気持ちのよい関係を築くために努力すべきだ――。

すっかり考えをあらためた状態で、あきらめて楽になった気分で、プルーストは戦後のある日、ゲルマント邸の輝かしいパーティーへと赴きました。中庭の丸天井の下に足を踏み入れたとき、通りかかった自動車をよけるために横に飛びのいたプルーストは、不揃いな舗石に足を乗せます。この思いがけない瞬間に、彼はヴェネツィアのサン・マルコ広場で、同じように不揃いな舗石の上を歩いたことを思い出し、ヴェネツィアで見て経験したすべてを、正確に、雷に打たれたように瞬時に、目の当たりにします[29]。そして、自分のなかにある作品が、すべての細部を備えて、ただ実現を待っているだけだという確信を得ます。何も期待していなかったときに訪れたこの啓示に呆然としたまま、プルーストはゲルマント邸の控えのサロンへ通されます。戦争による長い中断を挟んで久しぶりに訪れた家で、彼のことを昔から知る従僕に、思いがけない丁重な対応を受け、ふいに自分がもう若者ではないことを思い知ります。小さなサロンで、彼はメインのサロンで催されているコンサートの幕間を待っていました。糊の効きすぎたナプキンとともに、お茶が運ばれてきます。このナプキンは、何年も前に、バルベックの海辺のグランド・ホテルでまったく同じようなナプキンの感触を味わったときのことをまざまざと正確に思い出させます[30]（衝撃、電撃）。それはヴェネツィアの場合に負けず劣らず、正確で雷に打たれたような啓示です。

ゲルマント邸へ向かう道すがら、もう文学的な野心はきっぱり捨てたと信じていた主人公は、いまや明晰な熱狂のなかで、彼の人生に革命をもたらす呼び声をはっきりと聞きながら、パーティーの時間を過ごします。この集まりで、主人公は自分の人生に関わった多くの知人友人たちが、時の作用によって変貌し、年老い、膨れ上がり、あるいはかさかさに乾いてしまったのを目撃することになります。台頭してくる若い世代が、彼の年老いた、または死んでしまった友人たちとそっくりな希望を抱いていることに、胸を衝かれるような衝撃を覚えます。しかし、彼はこうしたすべてを、明晰で、距離を置いた、自分とは切り離された新しい眼で眺め、ついになぜ自分が生きてきたかを悟ります。彼だけが、この人々の群れのなかで、今はいない人々を再び生き返らせることができるのです。その確信はあまりに強く、死について無関心になってしまうほどでした。家に帰る途中、膨大な仕事を実現していく作業に戻ろうとしながら、最初に通りかかった路面電車に突然轢かれてしまうかもしれないことに思い至ります。それは、あり得ないほど不愉快な出来事です。『失われた時』の最終巻の最後の部分は、プルーストの死後、著者の校正を経ずに出版されたことを、わたしたちはもう知っています。しかし、この部分は、他の部分よりも先に書かれたのです。この作品のクライマックスと結論は、作家の個人的告白であると同時に、作品の始まりでもあったのだということを、証明する事実です。

文体と哲学

プルーストについて話しながら、この講義を彼の作品と生涯に関わる細部で埋め尽くしてしまっていることは、わたしだってわかっています。しかし、彼の作品の新しさ、彼が発見したこと、いわば本質にあたるのが何かということについて、わたしはうまく表現することもできませんし、ましてわたし自身のなかで明瞭になっているわけでもありません。一冊の本も手元に持たず、しかも哲学の教養もない状態では、この本質的問題については、わずかに触れるのが精一杯です。

プルーストについて深く語るためには、同時代の哲学潮流と切り離すことはできません。ベルクソンの哲学は、プルーストの知的展開において、重要な役割を果たしました。プルーストは、一八九〇年から一九〇〇年にかけて流行の絶頂にあったベルクソンの講義に通い、わたしの記憶では、個人的にも知り合いだったはずです。[31]プルーストの著作の題名からして、彼が時間の問題に取り憑かれていたことを示しています。そして、ベルクソンが哲学的観点から研究したのも、まさに時間でした。プルーストの作品における時間の問題について、わたしはいくつか論文を読んだことがあります。率直に言えば、覚えているのは、この領域がどれほどプルーストの作品にとって決定的だったかという執拗な確認でしかありません。それでもなお、ベルクソンの哲学原理は、ここで思い出しておいた方がよいでしょう。ベルクソンは、生は連続しており、わたしたちの知覚は不連続だと言いました。したがって、知性は真にふさわしい生の観念をもつことができません。生にふさわしいのは、知性ではなく、直観です（人間における直観は、動物における本能に対応します）。プルーストは無意志的記憶によって、知覚の不連続性を打ち破ろうとしました。直観によって、人生の連続性の印象を与えるような新しい形式と新しいヴィジョンを創り出そうとしたのです。

わたしたちは、多かれ少なかれプルーストに影響を受けた大長篇を「大河小説」と呼び習わしています。しかし、『失われた時を求めて』ほど、この呼び名にふさわしい小説はありません。比喩を使って説明しましょう。この小説が描くのは、河が運んでくる流木や死骸や真珠といった個別の物体ではありません。そうではなくて、連続的で、止まることを知らない、河の流れそのものなのです。プルーストの読者は、一見すると単調な波間を掻きわけながら、出来事ではなく、しかじかの人物を通じて感じられる、休止することのない生そのものの波動に、心打たれるのです。

プルーストが当初抱いていた計画は、外面的な形式においては、彼が望んだようには実現しませんでした。彼はこの壮大な「全体」を、たった一冊の本として、しかも改行も余白も、部立ても章立てもなしで、出版したかったのです(32)。この計画は、パリの教養ある出版人にとっては滑稽極まりないものであり、プルーストは、十五巻から十六巻の分冊にし、かつ二巻か三巻ごとに総題を付けるように求められました。それでもプルーストは編集者に強制して、現代の書物の形式としては画期的なことをしました。どの分冊も、それ自体では他の分冊から独立したまとまりをもたなかったのです。分冊ごとの区切りは明らかに破綻して見えますし、テーマの展開よりも、ただページ数の要請に従っただけです。

さらに付け加えなければならないのは、複数のテーマがあまりにも緊密に絡み合っているため、区切りが、物理的な必要以外の何かを意味することはあり得ない、ということです。どの分冊も、非常に小さな活字がみっちりと組まれていて、余白はごくわずかで、改行はありません。全十五巻を通じてほんの数章しかなく、しかもそれらの章は巻をまたいで、何の論理的な調和もなく分けられています。この奇妙な印刷の仕方によって、プルーストは自分の作品がもつ大河としての連続性と未完性を強調することに成功しました。フレーズも、短く凝縮された現代的な文体を革新するものです。一文が異様に長く、字の詰まった、改行のない状態で、一ページ半に渉ることもあります。簡潔で明晰でなければならないとする、例の「フランス文学の文体」を愛する人にしてみれば、とんでもない話です。プルーストの文はその反対で、絡み合い、心理的な括弧書きで埋め尽くされています。しかも、その括弧のなかにまた別の括弧が付き、時間において最も離れたものが連想によって結びつき、比喩がさらに新しい括弧書きと連想を呼び起こすのです。

プルーストに対して、これはフランス文学の文体ではない、ドイツ人の書き方だ、という非難の声が挙がりました。プルーストを賞賛したドイツ人批評家クルティウスも、プルーストの文体におけるドイツ的要素を強調していました[33]。この仮説に対して、プルーストがどのように反応したかを見なければなりません。彼の膨大な文学的教養を見るべきです。プルーストは、自分のフレーズがドイツ的であるのは偶然でも、不器用なせいでもなく、ドイツ語が今日では最もラテン語を想起させるからだ、と主張しています。彼の文体が近いのは、ドイツ語ではなく、まだラテン語と密接な関係にあった十六世紀のフランス語です。わたしたちとしては、有名なフランス語の簡潔さや明晰さといったものは、さほど長い歴史をもたない、と付け加えたいところです。そのような特徴は、フランス語が文学よりも会話で鍛えられた十八世紀の百科全書派や理性主義者が作り出したものなのです。ドイツ語は多くの地域で発展し、基本的に書き言葉として発達しました。それに対して、フランス語が磨かれていったのは、たった一つの場所、すなわちパリです。ゲーテがいち早く見抜いたように、パリはあらゆる知性を中心化し、そのおかげで同一の知的温度を作り出した場所なのです(34)。

ポーランド語訳の問題点と細部のこだわり

プルーストのポーランド語訳者ボイ・ジェレンスキ(35)は、一九三九年の戦争開始前までに、半分以上を翻訳していました。その多くのページは、ポーランド文学史上に残る傑作ですが、彼は、プルーストが当初抱いていた計画と、そのポーランド語版との乖離を、一層広げてしまいました。わたしはそのことで、ボイと議論したことがあります。彼はフレーズをわざと短くしたのは、プルーストに反してではなく、プルーストのためだと主張しました。プルーストが広く読まれることを願っていたのです。プルーストを祭壇に祀りあげるのは間違いであり、いちばん読みやすいかたちで出版すべきだ、とボイは言いました。プルーストは確かにフランスで、当初の計画（全一巻）の変更に同意しました。ポーランドではというと、プルーストの長大なフレーズは、とても受け入れがたいものでした。ポーランド語では、ほかに書きようがないので、無限に który, która（ポーランド語でフランス語の que に相当）を必要とします。しかし、ボイの翻訳は、さらに先へ進みます。読みやすい活字を組み、段落分けし、会話文はテクストに埋め込まず、話者ごとに改行したのです。彼の翻訳で、巻数は倍になりました。ボイに言わせれば、「本質的なものを伝えるために、繊細さを犠牲にした」ということです。

その直接的な結果として、ポーランド語版のプルーストがあまりに読みやすいために、ワルシャワではよく冗談で、ポーランド語版をフランス語に再翻訳すればプルーストもようやく人気作家になれるだろう、と言われるようになりました。プルーストの文体について語るなら、その繊細な特質に触れなければなりません。どのページも、豊かな比喩と、奇妙で繊細な連想のおかげで、輝きを放っていますが、その豊かさは、それだけを目的にしたものではありません。比喩や連想は、彼のフレーズの主調となる思想を深め、生き生きとさせ、瑞々しいものにするためだけに用いられます。

忘れてはならないのは、プルーストが文学に目覚めた頃は、ちょうどマラルメが神格化されていた時代だということです。プルーストはマラルメを敬愛し、その洗練を味わい、詩ではボードレールとパルナッス派から象徴主義まで、散文ではゴンクール兄弟、ヴィリエ・ド・リラダンからアナトール・フランスにいたる、同時代のフランス語を発見したのです。現代文学の愛好者だったプルーストは、負けず劣らず、フランス文学全体をよく知っていました。彼の文学的教養は膨大で、人の気をくじくような記憶力の持ち主でした。バルザックの作品を数ページにわたって暗誦してみせたことを、彼の友人たちが証言しています。しかもそれは、彼の直接のモデルで、彼が最も多くを学んだバルザックだけではありません。彼が大好きで、徹底的に知り抜いていたサン＝シモン公爵の回想録についても、同じだったのです。

プルーストは多くの文体模写（パスティーシュ）を残しています。わたしはバルザックのパスティーシュを覚えています。正確さとユーモアに満ちたこの驚くべきパスティーシュにおいて、彼はバルザックの大げさで極端な側面を膨らませてみせています。バルザックが、公爵夫人や侯爵夫人といった貴族を描くと、途端に天使のように純粋で、女神のように美しく、かと思えば悪魔のように狡猾な人物になります。わたしの漠然とした記憶では、確かプルーストは、好きな作家の影響があまりに重くのしかかってくる場合に、そこから自由になる最良の方法は、パスティーシュを作ることだ、と言っていたはずです。(36) プルーストがひとつひとつの言葉にどれだけの価値を与えたか、いつも病身で表面的と思われていたこの男が、どれほど熱心に文体を彫琢したか、それは驚くべきものです。

些細な例を挙げましょう。夜、パリがすっかり闇に沈んだ時分に、批評家のラモン・フェルナンデスは、プルーストの思いがけない訪問で起こされます。「申し訳ありません、ちょっと助けてもらいたいことがあって参りました。私にイタリア語で、senza vigore という二語を発音してもらえませんか」。フェルナンデスはイタリア語をよく知っていたので、その二語を発音しました。するとプルーストは、来たときと同じように、すっと姿を消しました。そしてフェルナンデスは言うのです、プルーストの死後、彼の本のなかで、自動車運転についての会話のなかで、アルベルチーヌがふとその二語を使うのを読んで、深い感動に襲われた、と[37]。プルーストは、この場面を書きながら、ただこの外国語の二語の意味を知るだけでなく、イタリア語をよく知る誰かがそれを発音するのを聞く必要を感じていたということです。

彼の書簡集のなかで、晩年にあるパリの批評家に送った短い手紙を読んだことがあります（たぶんブーランジェだったはずです）。彼は当時、その批評家とは面識がありませんでしたが、自分について熱狂的な賛辞を書いたため、会いたかったのです。追伸で、プルーストはこう付け加えます。「queを二度使って申しわけありません。とても急いでいたのです[38]」。みなさん、笑っていますね。でも、そうなんです。この献身的な誠実さ、わずかな細部に至るまで形式を良くしようとするこだわりこそが、フロベールやプルーストといった巨人たちが、わたしたちに教えてくれるものなのです。そして、こうしたぎりぎりの努力がもつ深刻な意味を意識しないことが、わたしたちの文学において、多くの偉大な才能を潰してしまったのです。

もうひとつ、プルーストの作品についての常套句をお教えしましょう。といっても、わたし自身もよく繰り返したものですが。曰く、プルーストとは、顕微鏡で見た自然主義である。しかし、よく考えてみると、これは誤っているように思われてきます。プルーストの秘密の鍵を握るのは、顕微鏡ではなく、彼の才能の別の側面です。比喩を使って、わかりやすくしたいと思います。『スワン家の方へ』で、プルーストは、彼の祖母がある種の芸術的フィルターを通して、彼に芸術作品の思い出となるプレゼントをくれたことを語っています。主人公はごく若い頃に、ヴェネツィアを夢見ます。両親とともに訪れるはずでしたが、病気のせいであきらめなければならなくなりました。彼の祖母がくれたのは、サン・マルコ大聖堂の写真でもなければ、その他のヴェネツィア建築の傑作の写真でもありません。そうではなくて、その傑作を描いた絵だったのです。それも、その絵をただ写した写真ではなく、別の優れた芸術家による版画でした。(39) プルーストにおいて、事実は決して生の事実のままではありません。最初から、彼の脳内で、このうえなく豊かなヴィジョンへと肉付けされ、置き換えられているのです。病気とコルク張りの壁で世界から切り離され、文学と芸術的・科学的連想で満ちた頭脳によって。しかし、プルーストの作品において、（生物組織学の）「顕微鏡」とは何よりも異なっているのは、連想が膨大な領域にわたり、あらゆる時代のあらゆる芸術から汲み上げられていることです。かくして、プルーストの書くページは、事実そのものよりも、むしろ事実から彼が受けた衝撃によって呼び起こされた彼自身の思考の歴史となります。

わたしは最近になって、『戦争と平和』の冒頭部分を読み返したことがありました。二十二ページにわたって、皇太后の宮廷に出入りする女性アンナ・パーヴロヴナ・シェーレルの晩餐会の描写が続きます。トルストイは堂々たる筆致で、夜会の雰囲気や、お世辞の下に隠れている駆け引きをわたしたちに向かって描き出します。そして、わたしたちはアンナ・パーヴロヴナに招かれた貴族の社交界を、くまなく、手に取るように知ることになります。第一章のわずか二ページ足らずに描かれた、彼女とバジル王子との会話は、繊細さにあふれた傑作です。互いに張り巡らす策略や、彼らの言い回しによって、この時代のこうした場所で、人々がどんな風に自分を表現していたのか、その色合いそのものが理解できるのです。『ゲルマントの方』と『ソドムとゴモラ』でも、同じ主題が扱われていますが、違うのは、公爵夫人の午後の茶話会だけで分厚い一冊分に相当するということです。しかも、『戦争と平和』でアンナ・パーヴロヴナがしていたような会話の描写で、プルーストは何十ページも、ひょっとしたら何百ページをも埋め尽くしてしまいます。けれども、それはただ一つ一つの顔のしわや身振りや匂いを顕微鏡的に分析しているからではなく、連想を膨大に発掘し、それを思いがけない、時間的に最も離れた連想につなげていくからなのです。比喩のたびに、また別の比喩へと結びつく見晴らし窓が開かれるのです。

プルーストに関して、「形式主義」や、純粋形式について語るのは馬鹿げています。第一に、純粋な形式主義は偉大な文学には存在しません。新しい、しかし作り物ではない生きた形式は、新しい内容なしには存在し得ません。彼の作品のなかに感じられるのは、とどまることのない探求であり、この域に達するのは困難と思われるほどの印象と連鎖によってかたちづくられた世界をまるごと、明瞭で、読解可能な、意識できるものにしようとする欲求です。小説の形式も、フレーズの構成も、比喩も連想も、内的な必然性に因るものであり、彼のヴィジョンの本質そのものを反映しているのです。くり返しになりますが、プルーストの心を捉えていたのは、生の事実ではなく、その事実を支配している隠れた法則です。それは存在のぼんやりした秘密の歯車を意識できるものにしようとする欲求なのです。

『スワン家の方へ』について

先ほども述べたように、『失われた時』の最初の二巻にあたる『スワン家の方へ』だけが、戦争の前に刊行されました。この二巻だけが、ちょうど戦争が起きているあいだにプルーストが苦心を重ねたことによって生じた作品の進化と構成の変更の影響を受けていません。これは、彼の作品中、最も厳密に整えられた部分でもあります。この二巻には、その後の展開における中心的な主題の最初の変奏が、すべて出揃っています。続編には、戦争がもたらした新しい方法や、新しい印象と思想、膨大な加筆による膨張、本質的な訂正がありますが、それらすべてはいわば作品の別棟であり、やはり『スワン家の方へ』が出発点となって発展したものなのです。

ここで基本的なテーマをおさらいしておきましょう。まず、フランスの田舎ということ。そこには、余生を送る年金暮らしの老婆たちがおり、ゴシック様式の古い教会があり、いまや世界文学の古典となった風景描写があり、全巻で出会うことになる家政婦のフランソワーズがおり、彼女が代表する田舎の庶民がいます。彼女は『失われた時』という典型人物のギャラリーの一角を占めています。これが第一のテーマです。

次に、少年時代ということ。少年期のドラマ、息子の愛と母親の愛、主人公と母親および祖母との関係が、主要テーマになってきます。少年は毎週日曜日に教会を訪れ、十字軍時代のゲルマント家の騎士のステンドグラスを眺め、毎回そこで出会う生身のゲルマント公爵夫人を見つめ、フォーブル・サン＝ジェルマンへの興味をそそられます（これは全巻を通じて研究と分析の対象になります）。第一巻からスワンとの接触があり、第二巻はほとんど全部、スワンのオデットへの愛の物語で埋め尽くされます。若い高級娼婦（ココット）であるこのオデットという人物は、男に愛されるために生きている女の典型として登場します。彼女はスワンのうちに、最高の愛情と、狂おしい嫉妬の苦しみを与えます（このテーマはプルーストが執拗に追求したもので、『スワン』第二巻や、『アルベルチーヌ』〔『囚われの女』のこと〕、そして『消え去ったアルベルチーヌ』で数百ページを費やしています）。スワンのおかげで、わたしたちはパリの裕福なブルジョワであるヴェルデュラン夫人のサロンへ出入りすることになります。彼女は金持ちで、成り上がりで、スノッブの典型です。少年時代に受けたさまざまな衝撃と傷が、主人公の人生の方向性を決定づけ、彼の精神的および身体的な性格に影響していきます。これが第一部の中心的なテーマです。

　このことを話していると、作者が決定的と考えているエピソードに、少なくともひとつは触れたくなります。やがて青年になり、大人になる、プルーストが

「私」と呼ぶところのこの少年は、小さな田舎町で両親とともに夏を過ごします。彼が覚えている最初の残酷な苦しみは、夜になってベッドのなかで味わうことになります。食事が終わると、子どもはベッドへ送られます。そこで母親がおやすみのキスをしに来てくれるのをじりじりと、胸を詰まらせながら待つのです。母親は、毎晩「おやすみ」を言いに来てくれるわけではありません。夕食が長引きます。父親は、過敏な子どものもとを母親が義務的に訪ねていくのは、感情を誇張しすぎで、教育的観点から好ましくないと考えていました。ある晩、子どもは我慢できなくなります。母親が上がってこないのを見て取ると、父親への恐怖を乗り越えて、裸足のまま、病弱な身体で、暗い階段で十五分ほども、母親が彼の寝室へと上ってくるのを待つのです。母親が現れ、その背後に、ランプを手にした父親を認めたときの子どもの狼狽ぶりといったら、いかばかりだったでしょうか。母親は罰をおそれて、子どもに早く逃げるように必死で合図します。しかし、父親はもう気づいていました。ところが、鞭で打つ代わりに、思いがけない反応をします。子どもにとっては重要で劇的な出来事でも、大人というのは相対的に無関心なものですから、一貫性のない発言をするのです。「なんて格好だ、この子は。早く一緒に行ってあげなさい」。そして、妻に向かってこう言うのです。「この子の部屋で寝てやりなさい(40)」。自分のヒステリックな反抗のせいで、きっと叱られると思っていた子どもは、反対に父親から、もう何週間も前からいちばん夢見ていたことを許されたのです。作者は、驚くほどきっぱりとした言い方で、父親の一貫性のなさが、子どもの身体的および精神的な疾患の出発点となった、と付け加えます。欲望の斜面で止まることができないという彼の神経症も、神経の弱さに根を浸した複雑な身体的現象も、この夜に起因するというわけです。

プルーストを研究するにあたって、つまり主人公と作者自身の伝記を研究するにあたって、これに劣らず重要なのは、『スワン家の方へ』の第二巻が、ほとんど全部、オデットに対するスワンの恋の分析で満たされていることです。この人物には、プルースト自身とアース(41)という人物が投影されています。アースという人は、どうやらプルーストの親の世代に属するようなのですが、裕福なブルジョワで、ユダヤ系でした。一八七〇年代のパリで最もエレガントな人物のひとりで、「ジョッキー・クラブ」という最も貴族的かつ最も排他的なクラブの会員であり、プリンス・オブ・ウェールズやサガン王子の友人でもありました。スワンも、アースのように、洗練された知的な社交人です。その魅力の本質は、このうえない自然さと、一貫して優しいエゴイズムにあります。金も人脈も、それ自体が目的なのではなく、自分がいちばん自分らしくいられる場所へと導くための手段でしかありません。だから彼は、一八九〇年代のユダヤ人のブルジョワにとって前例のない社交界でのポジションを、恋のためにあっさりと捨て去ることができたのです。その恋は、つらく、逃げようがなく、彼のすべてに侵入してきました。元娼婦のオデットの愛人たちや彼女の秘められた生活、真剣で情熱的で自然な彼らの愛は、恋のために崩れゆく世界を予感させずにはいられません。スワンが恋愛において、はっきりと、苦しみながら、彼女をどれだけ愛しているかを悟るのは、オデットが彼から離れていったときだけです。世界文学において、プルーストの忘れがたいページのほかに、このテーマについてこれほど緻密でこれほど広汎で洞察力のある分析が展開されている例があるとは、とても思えません。

わたしの記憶にいちばん鮮明に残っているある特徴についてお話しましょう。いまや古典となった描写です。オデットが謎めいてくると、スワンは何カ月ものあいだ、心理家としての手練手管と財産を駆使して、彼女が自分を裏切っているのか、もしそうなら相手は誰なのかを知ろうとしますが、果たせません。しかし、彼女の気持ちがだんだん離れているのは確実です。この頃の二人の関係を描きながら、プルーストは余白に鋭い洞察を書きつけています。捨てられた恋人を最も苦しめるものは何か、誰にもわからない、と。(42) 具体的な裏切りなのか、複数の恋人の存在なのか、自分より好きな相手の存在なのか、それとも単なる時間潰しの趣味なのか。なぜなら、時間を潰すということは、自分から気持ちが決定的に離れていることを何よりも証明するからです。

スワンなしで過ごすオデットの日々をプルーストは描きます。彼女は数週間前にはスワンなしで一日も過ごせなかったのに、いまや恋人もいないので、まったくすることもなく、すべてに退屈しきって、レストランやカフェに出入りします。それでも、スワンに会うよりはいいのです。スワンはといえば、死ぬほど苦しみ、ノスタルジーの殉教者となって、彼女が通った場所をときにかろうじて突き止めるのですが、そこで自分との付き合いとは違って思いがけない場所にいた彼女のしるしを見出すことになります。スワンは嫉妬と苦しみのせいで、仮定の世界をつくり上げ、オデットの彷徨について、完全に誤った理由を思いつきます。しかし、オデットが彼を去ったのは、ほかの誰かのせいではなく、ただ退屈と孤独のほうが恋人より好ましいと思ったからだと知ったら、スワンの苦しみはさらに深いものになるでしょう。全巻を通して最も忘れがたいページをプルーストに書かせたのも、この同じスワンの恋です。

オデットがスワンのもとを去って、もう何カ月も経ちました。彼はもう彼女と再会しません。彼女はもはやひどくつらい思い出にすぎない。しかし、思い出が彼を去ることはなく、何かをすることも、何かに興味をもつことも、すっかりできなくなってしまいました。ある日、彼はこの無気力を振り払おうとします。そこでサン・トゥーヴェル〔正しくはサン・トゥーヴェルト〕公爵夫人の晩餐会へ出かけることにします。オデットと関係をもつ前は、この晩餐会をどれほど楽しんだことでしょう。そして社交界の人々は、自分たちよりも、何の身分もない高級娼婦(ココット)の女を選んだスワンを、どれほど憎んだことでしょう。彼らは執拗にそのことを思い出させようとします。それでも何時間かは、スワンは彼女を忘れられただろう、とプルーストは考えます。この晩餐会の描写は、豊かな人物タイプの描き分けにおいても、膨大な連想においても、最も特徴的な箇所です。プルーストは、金ぴかの制服の使用人をボッティチェリの人物と比較したり[43]、会話の断片から、ゲルマント公爵夫人の話し方や、当時隆盛だった反ユダヤ主義を正確に描き出します。脇役のある公爵夫人は、司教を輩出した家柄の主宰者が、スワンを受け入れたことに驚きます[44]。スワンは、古い常連のように戻ってきて、当時の最も輝かしい女たちから熱烈に歓迎されます。ところが、彼が思いがけず気になったのは、ひとりの老将軍でした。彼はフランスのある軍人について本を書いていたのですが、興味をもったのは、オデットの住んでいる通りの名前が、その軍人の名前だったからです[45]。

コンサートが始まり、急にヴァイントゥイユのソナタが鳴り響きます。ヴァイオリンのメインモチーフは、何よりも幸せだった恋の日々を思い出させました。彼がこの曲を初めて聞いたのは、毎日夜会に参加するために来ていたヴェルデュラン夫人のサロンでした。そこで彼は類まれな美しさを備えた現代曲を発見したのでした。彼がヴァントゥイユに心酔していることはヴェルデュラン家のサロンのみんなが知るところとなり、彼のためにこのモチーフが数え切れないほど演奏されることになりました。オデットのそばに座って、このモチーフを聞いていた彼は、彼女への愛に満たされて、二つの感情をひとつに結びつけてしまいました。無関心な社交界の聴衆に向かってヴァイオリンで演奏されるこのモチーフを聞いたいま、自分が逃れようとしていた幸福な過去が何であったかを、はっきりと具体的に理解します。心臓が痛むほど胸を掻きむしられながら、彼は永遠に失われた幸福を生き直すのです。社交人で、控えめどころか、内面の感情を無関心の仮面のもとに隠し通すことができるはずの彼が、涙を抑えきれなくなります。そこから、正確で、かつプルーストのなかでも最も難解で、最も繊細な文章が続きます。音楽そのものについて、ヴァイオリンの魔法のボディから流れ出るモチーフそのものについて。それは、スワンの存在のいちばん深い場所まで降りていって、まだふさがっていない傷口を開く音楽です。ソナタが終わると、スワンの隣に座っていた某公爵夫人が叫びます。「これほど崇高なものを聞いたことがありませんわ。このソナタは、あらゆるものを凌駕する感動を与えますね」。けれども、あまりに大げさな言い方だと気づいた彼女は、小声でこう付け加えるのです。「回転テーブルを除けば、ですが[46]」。

貴族とスノビズム

『スワン家の方へ』に続く部分では、冒頭部で提示されたテーマが、極端に入り組んだかたちで展開されていきます。これからいくつかの場面を話して、プルーストが描き出し、展開した心理学的問題のうち、とくに強く記憶に残っているものだけを紹介したいと思います。これから話す場面が、最も価値あるものだと主張する気は毛頭ありません。わたしの熱中の度合いに応じた、ごく主観的な順序づけにすぎません。プルーストを読み返して——実際、何度も読み返しました

――、新しい焦点、新しい見方を発見しなかったことなどないのですから。

祖母のエピソードについては、もう話しましたね。主人公が愛し、死ぬまで古い思い出を忘れることのなかったこの女性の死は、プルーストが「心情の間歇」と呼ぶものと結びついています。この言葉はいまや古典的なものになって、『失われた時』をわざわざ読もうとしなかった人にさえ知られています。祖母は尿毒症で亡くなります。おそらく彼自身の母親の死を投影したと思われるこの人物の死の描写については、わたしはトルストイ以外の比較対象を思いつけません。愛する人の意識が死の境でゆっくりと解体していくことや、近親者の反応。(47) 主人公の母親は黙って心を痛めますし、フランソワーズは忠実に仕えた者としての親愛の情を覚えながらも、ほとんど残酷とも言える死との向き合い方で、消えかかる意識の光を称え、無理やり髪を結い、崩れゆく顔の前に鏡を差し出して、死にゆく人を恐怖に陥れます。(48) パリの有名な医者は、黒ずくめの服にレジオンドヌール勲章をぶら下げて、もうどうしようもないときになってから招かれ、最初の死の使いとしての役目を果たします。(49) そして最後にゲルマント公爵が、ブルジョワの家庭に公爵がもたらす恩恵を自覚しながら、主人公の母親に向かって、仰々しい敬意をこめたお悔やみの言葉を述べます。しかし母親は、苦しみにのみ囚われていたため、公爵の礼節に気づくことさえなく、深々とおじぎをしている彼を控えの間に置き去りにしてしまいます(50)。

このような描写にこそ、大作家の「怪物性」が発揮されるのです。それは、人生の最も悲劇的な瞬間においてさえも、出来事の経緯を正確に、冷たく、しかも同時にユーモアをもって分析できる能力です。わたしはプルースト自身が、死の床にある母親の枕元で、悲嘆に暮れながら、同時に周囲の人々の涙と倒錯ぶりと滑稽さを観察していたのではないか、と想像しています。プルーストにおいて、フォーブル・サン＝ジェルマンの心理分析が大きな役割を果したことは、もう話しましたね。彼がサン＝シモン公爵とバルザックの作品を好み、何度も再読し、数ページにわたって暗記までしていたのは、理由のないことではありません。

サン＝シモン公爵は、ルイ十四世時代の思い出を語りながら、このフォーブル・サン＝ジェルマンの貴族たちの祖先が繰り広げた事件や態度、競争や陰謀を事細かに描写しました。彼自身が大貴族に属するサン＝シモンは、それらについて、事情通として明晰に語る一方、自分のいる社会がもつニュアンスや滑稽さを見抜く大作家としての眼ももっていました。

バルザックの態度は、これとはずいぶん違います。バルザックは、フォーブル・サン＝ジェルマンへ引き寄せられました。彼は社交界の女たちと恋愛関係を結びました。彼はそこで貴族を演じ、億万長者、有名作家にして、女心の掠奪者になることを夢見たのです。しかし、仕事に追われ、借金を重ね、いつも破産で終わる夢のような投資計画で頭がいっぱいだった彼は、債権者に追い立てられて、社交界を観察する時間などほとんどありませんでしたし、社交に生きる機会もほとんどありませんでした。本が売れたり、ほかの手段でつかの間の大金を手にしたときも、彼はウルトラ・エレガントな衣装を買ったりして、子どもみたいにあわてて浪費してしまいました。しかも、ずっと座り仕事で突き出た彼のおなかでは、そうした衣装がいつも似合うとも限らなかったでしょう。彼は金と象牙の握り手の付いたステッキを買いました。ジョルジュ・サンドは、彼がパリ天文台の近くに新しく購入した家で開かれたパーティーについて語っています。(51) バルザックは、枝わかれした大きな燭台と刺繍の入ったカーテンで飾られたサロンで、彼女を出迎えたのですが、それはフォーブル・サン＝ジェルマンから見ると、たぶんいかがわしい趣味だったことでしょう。

　バルザックによる貴族の研究のなかには、明晰で正鵠を得た描写を無数に見かけますが、その一方で、バルザックの作品においては、女は天使か悪魔であるという、現実の女よりもむしろロマン主義絵画、たとえばアリ・シェフェール〔Ary Scheffer (1795-1958)、肖像画を得意とするオランダ出身の画家〕の絵から抜け出してきたような女性像をあちらこちらで見かけます。あまりにも誇張され、素朴に理想化された女たちです。プルーストも、バルザックのように、外部から社交界に入ってきました。しかし、彼はなんと間近で分析し、なんと見事に、個人的な好みをもたずに判断したことでしょう！貴族の世界を内側から分析したものとして、わたしはまたトルストイのことを考えてしまいます。『戦争と平和』や『アンナ・カレーニナ』、その他無数の本で、トルストイは、プルーストほどには対象を移し替えずに、明晰かつ写実的に、貴族のことを語っています。プルーストはゲルマント家と、ゲルマント公爵の弟であるシャルリュス男爵を通じて、貴族たちを一瞥します。実名で出てくる唯一の人物であるマチルド公女〔Laetitia-Wilhelmine Mathilde, princesse Bonaparte（1820-1904）、ナポレオン皇帝の末弟の娘。彼女とナポリ王女だけが『失われた時を求めて』に登場する実在の貴族〕に始まり、二親等・三親等に属する親戚や友人に至るまで、みんながゲルマント家という太陽の周りを回っていて、それぞれがスノッブや成り上がりや愚か者を、限りないニュアンスをもって代表しています。

スノビズムは、社交界を何よりも特徴づけるものですから、プルーストはこれをあらゆる形態において研究しています。パリの大貴族のほかに、もっと素朴で、もっと感じのいい、より地に足のついた田舎の貴族——たとえばカンブルメール家——も描かれています。年老いた侯爵夫人は、素朴で、自然で、心から音楽を愛し、若い頃にショパンに教わったことを誇りにしています。その義理の娘はパリ出身で、スノッブな貴族の古典的なタイプです。芸術に対して何の感受性も素養もない人で、芸術といかなる関係もないにもかかわらず、彼女はパリの最新流行に関する決まり文句を丸暗記しています。ショパンは当時流行していませんでした。慎み深い義母は、あえてショパンについて話そうとしません。自分は時代遅れの田舎者だと思い込んで、どれほどショパンが好きかを告白するのを恥じているのです。それに、パリ風の才気を鼻にかけた義理の娘が頭ごなしに決めつける断定的な口調に対して、彼女は反論することができない、と思っていました。だから、音楽を本当に愛する若い主人公がカンブルメール家を訪れた際に、義理の娘の断定的な物言いを巧みに論破していくのを見て、この老婦人はなんと感動したことでしょうか。少し恐れながらも、彼女はたいそう喜んで、ショパンへの愛着を彼に打ち明けます(52)。こうしたページを読むと、若い主人公が、これらの女の芸術に対する態度のうちに本物と偽物を見分ける感覚をもっていたことがわかります。

絵画についても同様です。主人公は、才女ぶった人たちを困らせて楽しみます。というのも、この若い義理の娘は、彼の方がはるかによく知っているなどとは思いもせず、若者こそが芸術的流行を作り出す源泉なのだと思い込んでいるのです。才気を鼻にかけた人たちは、プッサンはもう存在しないようなものだ、と断言します。主人公はそれに対して、ドガ（絶対的権威）はプッサンこそフランス芸術最大の巨匠のひとりだと言っています、と答えます。当惑した彼女の答えは、「パリに着いたら、すぐにルーヴルへ行かなくてはね。その絵を見て、この問題を再確認しなければなりません」というものでした。[53] プルーストは、繊細な描写を通じて、この女が、自分が絶えず語っている芸術について何一つ理解しておらず、芸術が彼女にとっては、もっと愚かな人たちに対して自分を魅力的に見せるための手段でしかないことを、誰にでもわかるように示しています。そして、本当に芸術的な感性をもっている人に対して、時流に暗いと判断できれば軽蔑する権利がある、と思っていることまでをも暴き出すのです。

スノビズムのあらゆる形態とニュアンスについて語るプルーストですが、彼自身、その生き方においても作品においても、完璧なスノッブだと見なされていました。かつての級友たちは、スノビズムのせいでプルーストは道を誤ってしまった、と確信して、彼から離れていきました。それから何十年経った後でさえ、こんなことがあったのです。ミシア・ゴデプスカ・セール[54]は、トゥールーズ・ロートレックからピカソやシュルレアリストまで、あらゆる芸術家の支援者であった聡明な女性ですが、一九一四年から一九一五年頃にかけて、「ムーリス」か「リッツ」で夕食を共にした際に、あなたはスノッブではないのか、とプルーストに訊ねたそうです。翌日、彼女はプルーストから長い手紙を受け取って、びっくりします（彼女はたぶんこの手紙を紛失したはずです）。そこには、便箋八枚にわたって、そんな質問をすることがどれほど表面的かということが、びっしりと書いてあったといいます。ごみ箱に捨てられてしまったこの手紙を今日読めるなら、どれだけでも払う価値があるでしょう！

プルーストの人生と作品には多くの側面があり、それをスノビズムと呼ぶのは幼稚に過ぎます。一方に、コンブレーの教会にある中世のステンドグラスを発端とするゲルマント公爵夫人への関心や、公爵夫人自身への恋を通じて発見した社交界の魅力があり、他方に、最も辛辣な批評と、人々の欠点、卑小さ、冷淡さ、無能ぶり、愚かさの観察と意識——こうしたことすべてが、本のなかに書き込まれているのです。ゲルマント家の若い軍人の甥〔サン＝ルー〕が音楽と文学に熱中し、高貴な性格と発作的な衝動のために戦地の攻撃で命を落とす様子を、プルーストはじつに繊細に描き出し、この人物の長所を見抜きます。それと並行して、社交界の貴族がどれほど無教養で愚かであるかを、見事なユーモアをもって描き出します。そして、覚めた態度でこう書き付けるのです、「彼がこれほど愚かでなければ、魅力的な人物だっただろう[55]」。作家としてのプルーストは、この環境に対して、まったく客観的な態度をとっています。科学的客観性とでも言いたいほどで、それはちょうど家政婦のフランソワーズや、医師の一団や、彼自身の祖母に向けられた視線でもあります。フランソワーズが取り仕切るコンブレーの料理を、彼は太陽王ルイ十四世の宮廷に渦巻く陰謀と較べています[56]。そして、貴族について語っていながら、正反対のものが親和性をもつことを発見します。プルーストは、主人公が家の中庭で、家主でもあるゲルマント公爵と出会う場面を描いています。公爵は、会話の最中にほこりを払わずにはいられなくて、馬鹿丁寧と言っていいくらいにそっと、話し相手のコートの襟のビロードが毛羽立っているのを直そうとします。「この相手にこうした反応が出来るのは、ただ大邸宅の従僕か、フランスを代表する大貴族しかない」とプルーストは言い放ちます。そこから彼は、貴族の先祖がかつてヴェルサイユで演じた役割に基づいた、親和性の理論を作り出すのです。(57)

もうひとつ、『失われた時』の重要なテーマについて触れなければなりません。それは肉体の愛の問題です。プルーストはこの最も隠された秘密の側面を研究しています。どんな変態や倒錯も、美化することも卑下することもなく、分析家としての冷静さを保って調べあげるのです。偉大な先駆者バルザックは、『ヴォートラン』〔『ペール・ゴリオ』のことか〕と『黄金の眼をした少女』のなかで、限りなく慎重にではありますが、すでにこれらのモチーフを思い切って取り上げています。第一次大戦後二十年間の文学を通じて、わたしたちは性的領域のあらゆることについて皮肉っぽく、あるいは露悪的に語ることにすっかり慣れてしまい、ときには疲れやいらだちさえ感じるほどです（プルーストは、セリーヌのいくつかの章と較べれば、まったく控えめと言えます）。そのため、一九一四年以前に刊行された『スワン家の方へ』で、ヴァントゥイユの娘がレズビアンの愛に耽ったり、大貴族のシャルリュスが、オスカー・ワイルド風のスキャンダルのせいで社交界を這いずり回ったり、いかがわしいパリの売春宿でマゾヒズムの逸脱を目の当たりにしたりしても、それらが一九一四年の戦争前に構想され、一部は書かれたということが、どれほど大胆な試みだったかということを、ほとんど理解できなくなっています。プルーストはすでにこの時点で、人間の魂の最も密やかで、多くの人が知らずにおきたいと願う領域に、その分析のランプの光を投射していたのです。これだけでなく、貴族の分析においても、あるいは子どもの愛情のあり方や芸術創造の密かなメカニズムの分析においても、わたしたちは同じように、素晴らしく明晰で、彼以前にはなかった正確さと細密さを備えた分析器具を携えたプルーストに出会うのです。

偏りのない視点――ポーランド作家との比較

まだ仮定の段階ではありますが、結論めいたことを申し上げたいと思います。

プルーストは革新的な形式を通じて、ひとつの思想の世界を伝えています。それは読者の思考能力と感受性のすべてを目覚めさせながら、価値観をまるごと刷新することを求めてくるような、人生に関するひとつのヴィジョンなのです。前にも述べましたが、あらためてはっきり言っておきますと、彼の作品は、あれかこれかといった傾向の問題ではありません。特定の立場に偏向した作品ほど、プルーストに縁遠いものはありません。彼自身が何度もくり返し言っているとおり、深みの限界まで推し進められた形式によってのみ、作家の本質を伝えることが可能となるのです。

『見出された時』の最終巻には、ついでにという感じでモーリス・バレス〔Maurice Barrès（1862-1923）、フランスの小説家。反ドレフュス派のナショナリズムの作家として土地と民族の結びつきを強調した。代表作に『自我礼賛』三部作（一八八八－一八九一）〕を論駁する箇所があります。バレスはフランスのナショナリストの若手作家たちの首領であり、彼自身は大作家でした。『根こぎにされた人々』や『精霊の息吹く丘』といった作品で、バレスは、作家の作品における国民的な側面を強調しました。ロレーヌ地方出身のバレスは、土地において、土において、つまりフランスの純粋な伝統においてのみ深い霊感の泉を見出すことができる、と主張したのです（ジッドはバレスに対抗して根無し草に関する評論を書き、異なる世界との接触がむしろ積極的な価値をもつ、と主張しました）。バレスに言わせれば、作家は自分が国民としての作家であることを決して忘れてはならず、国民の要素を作品に彫り込まなければなりません。プルーストは、ついでにといった感じでこれに応答しているのですが、不正確な引用でだいたいの意味しか伝えられないのが残念です。バレスは、どんな作家も作家である前に、フランス人としての役割と使命を思い出さなければならない、と言います。しかし、プルーストの考えでは、学者があることを発見しようとするときには、その研究にあらゆる能力を注がなければ達成できないはずであり、そのほかのことを考えられる状態にはありません。同様に、作家が国に何をもたらしたかということは、彼が表明するしかじかの思想によって測られるのではなく、その形式を実現するうえでどれほど限界を押し広げたかということにとって測られなければなりません。[58]

偉大な作家においてさえ、思想的な偏りが、芸術的な観点からだけでなく、彼が伝えようとした思想という観点から見ても、作品の効果を弱めている例が見られることがあります。私たちの文学を見渡せば、そこに驚くべき、そして悲しむべき教訓を与えてくれるような例が見つかります。それはジェロムスキ〔Stefan Żeromski (1864-1925)、ポーランドの作家。自然主義的かつ抒情的な文体が評価された。代表作に『灰』(一九〇四)、『早春』(一九二五)〕とコンラット・コジェニョフスキ〔Józef Teodor Konrad Korzeniowski (1857-1924) はジョゼフ・コンラッドの名前で知られるポーランド出身の英語作家。代表作に『闇の奥』(一八九九)、『西欧人の眼に』(一九一一)など〕の場合です。コンラッドには、教訓主義への逸脱など少しも見られませんし、思想的な偏向が割り込むこともありません。にもかかわらず、まさにだからこそ、注意深い読者に対しては、思想と問題に満ちた世界を呼び起こすことができるのです。コンラッドは、ポーランドの亡命革命家の息子としてロシアの辺境に生まれ、生涯を通じて忠誠や誇りといった原初的な感情を信仰した人です。彼は祖国を捨て、母語を捨て、外国で外国語作家になるしかありませんでした。そうすることで、直接的な偏向もなく、教訓もない作品を創造することが可能な空気を見つけることができたのです。

　ジェロムスキは、コンラッドを新しいポーランド文学の作家にするべく宣伝することに最も貢献した人でした。しかし、それゆえに、ジェロムスキはコンラッドを裏切り者扱いしたエリザ・オジェシュコヴァ〔Eliza Orzeszkowa (1841-1910)、ポーランドの実証主義的作家。女性解放、ユダヤ人の権利、民衆と貴族の共同など、社会問題に取り組んだ。代表作に『メイル・エゾフォーヴィチ』(一八七八)、『ニェメン川のほとり』(一八八八)〕のように、コンラッドを引き止めなければなりませんでした。オジェシュコヴァにとってコンラッドは、ポーランドがその子供たちを最も必要としたときにポーランドを去った人間です。ジェロムスキはコンラッドに較べてひどく劣る作家とは思われませんが――とはいえ、おそらく差はあります――、彼は何よりも、芸術さえよりも愛した祖国を捨てませんでした。彼の作品はいつも、すぐにでも国のために使えて役立ってほしいと彼が願う思想を込めて書かれています。クラシンスキ〔Zygmunt Krasiński (1812-1859)、ポーランドのロマン派詩人・小説家・劇作家。代表作に『非‐神曲』(一八三三)、『イリディオン』(一八三六)など〕がミツキェーヴィチ〔Adam Mickiewicz (1798-1855)、愛国主義的なポーランドのロマン派詩人。代表作に『コンラット・ヴァレンロッド』(一八二八)、『パン・タデウシュ』(一八三四)など〕の死の直後に言った言葉は、彼にぴったり当てはまります。「彼は我らが世代の血であり、乳であり、蜜であった」〔出典不詳〕。しかし、ジェロムスキはあまりに偉大な作家でしたから、このうえなく高貴ではあるが、しかし結局は功利的な理由のために、自分の作品の完成度を犠牲にしていることを理解しないわけにはいきませんでした。解放後のポーランドで刊行された批評のなかで、彼はみずから感動的な謙遜の言葉を述べています。「私は同国人たちの意識を呼び覚まし、寛容と英雄的な行動へ向かわせたくて、それでなくても弱点のある私の作品の芸術的価値を、偏向した思想によって台無しにしてしまった」〔出典不詳〕。それにもかかわらず、コンラッドを広めようと奔走したのは、このジェロムスキであり、ポーランド語に訳されたコンラッドの最初の長篇小説『ナーシサス号の黒人』のために序文を書いたのも彼でした〔英語版は一八九七年に刊行され、ポーランド語版は一九二三年に刊行〕。彼はコンラッドのうちに、裏切り者ではなく、ジェロムスキが犠牲にしなければならなかったことを、より自由な世界で実現した兄弟を認めたのです。そして、それこそは解放後のポーランドで、若い世代に最も必要なものと思われたのでした。

　ポーランド文学から離れて、今度は同時代に並ぶ者のない最も偉大な作家にも、残念なことに偏向した側面が見出せることをお話しましょう。『戦争と平和』と『アンナ・カレーニナ』には、教条主義はほとんど見られません。トルストイは『アンナ・カレーニナ』を改訂する際に、もっぱら自分自身の意見を読者から隠すためにだけ、長い議論の場面を付け加えました。しかし、老年期の大作『復活』には、しばしば露骨な教条主義がみられます。作者が重要とおもう思想をあまりに頻繁に強調するため、むしろ読者には反対の効果を与えてしまいます。トルストイでさえも、芸術的な価値を下げてでも思想の輝きを強めようとして、かえって弱めてしまっているのです。プルーストはその反対です。いかなる立場にも与しない態度を徹底させて、互いに正反対の精神状態を知って理解したいという意志が見られます。そこには、最も下層の人間にも崇高さと見紛うほどの高貴さを見出し、最も純粋な人間にも下品な反応があることを発見する能力がありま す。プルーストの作品は、わたしたちよりもはるかに正しい意識のフィルターを通して人生を照らし出し、わたしたちにはたらきかけるのです。

プルーストとパスカル

これは個人的な意見ですが、『失われた時』の思想的な結論はほとんどパスカル的である、とわたしが言うと、プルーストを読んだことのある人の多くは驚くだろうと思います。ボイ・ジェレンスキがプルーストについて書いた記事を読んで、びっくりしたことがあります。彼は「おかしな」シャルリュスについて語っていたのです。記事のトーンからすると、むしろユーモアや生きる喜びが、この作品の本質的なポイントであるということのようでした。

先ほどパスカルについてわずかに触れましたが、彼が官能に反対したことはよく知られています。絶対へのノスタルジーにとらわれたパスカルは、はかない感覚による喜びを受け入れがたいものだと見なしました。天才的物理学者であり、かつフランスの最も洗練された環境でちやほやされていた彼は、自尊心が高く、生まれついて成功を渇望する人間でしたが、パスカルの神秘として知られるある一夜に、超現世的で絶対的な世界のヴィジョンを得てからは、死ぬまで首に紙切れを巻きつけていました。そこには「泣け、喜びに泣け」と書かれていたのです(59)。パスカルはすべてのもの、すべての人と関係を絶ちます。そして、極端な禁欲生活を熱心に送ります。ポール・ロワイヤル修道院に閉じこもり、病気で弱った身体を疲れさせ、痛めつけます。与えられた食物を味がしないような食べ方で飲み込んだだけでなく、また鉄のベルトを巻いていただけでなく、最も高次の情熱、つまり数学や物理学や文学さえをも、自らに禁じたのです。ただときどき、思いついたことを書き付けるだけでした。彼の死後、それらの断章がまとめられると、世界文学史上最も簡潔で、深く、手強い書物となったのです。パスカルが軽蔑するのは、堕落した感覚だけでなく、あらゆる感覚です。「結婚はキリスト教徒に対して許されている最も程度の低い状態である(60)」というおそろしいフレーズも、パスカルのものです。

全巻を通じて感覚の探求に捧げられた『失われた時』とパスカルの思想を結びつけるのは、逆説的に見えるかもしれませんね。あの数千ページに渉る本は、地上の感覚的な悦びを愛し、最後のぎりぎりの瞬間まで、情熱的に、繊細に、同時に意識的に、すべてを享受しようとした人物が書いたのですから。わたしはプルーストが同級生のダニエル・アレヴィ宛に書いた未刊行の手紙を読んだことがあります。おそらくアレヴィが何か道徳的な忠告をした、その返答なのですが、それでプルーストは、たったひとつのことしか望まない、と書いています。それは、人生で（肉体の）愛の悦びを味わうこと、です。[61] 思い出してほしいのは、プルーストにとって最初の文学的環境がフランス文学だったということです。フランスの大作家の快楽主義的な宗教観は、間違いなくプルーストの世界観の形成に影響しています。よく指摘されることですが、プルーストの作品にはいかなる絶対の探求もなく、あの長大な数千ページのなかに、「神」という言葉は一度も出てきません。にもかかわらず、というよりも、むしろだからこそ、過ぎ行く人生の快楽の礼賛は、パスカル風の苦い灰の味わいを残すのです。

『失われた時』の主人公がすべてから去るのは、神の名のもと、宗教の名のもとにではありません。しかし、彼もまた稲妻のような啓示に打たれます。生ける屍のようにコルク張りの部屋に閉じこもり（わざとプルーストと主人公の人生を混同していますが、この点では同じだからです）、彼にとっての絶対の探求、つまり芸術作品の完成に、死ぬまで仕えました。そして、最後の二巻（『見出された時』）には、喜びの涙が混じっています。それは、たった一粒の貴重な真珠のためにすべてを売り払った男の凱歌であり、胸を引き裂かれる思いも、社交界の愉しみも、若さも名声もセックスも、創造者の悦びに較べればすべてははかないものである、と判断した人の凱歌でもあるのです。彼はフレーズを組み立て、何度も何度も書き直しながら絶対を探求するのですが、そこには決してたどり着くことができませんし、そもそもそれは到達することなどできないのです。

社交生活のむなしさについて。完璧な社交人だったスワンは、重い病気にかかり、あと二、三カ月しか生きられない、と医者から死の宣告を受けます。ゲルマント邸の中庭で、公爵と公爵夫人が大きなパーティーへ急いで出かけようとしているときに、スワンは、当時のパリの女王とも言うべき親友の公爵夫人に病状を告げます。夫妻は、友人の死期について仔細を聞くか、大事なパーティーに遅れるか、という選択を迫られます。遅刻のリスクを避けるために、彼らはスワンの知らせを冗談に紛らわせて、死人の顔色のスワンに向かって、まったく問題ない、元気そうだと言い放ち、壮大な屋敷のそばに彼を残して行ってしまいます。しばらくして、公爵は夫人のブーツの色が彼の思っていたものとは違うことに気づきました。彼女の赤いビロードのドレスとルビーの首飾りにもっと似合う色を考えていたのです。スワンは、たった数分ですら彼らを引き止めることができませんでした。けれども、似合わないブーツは彼らを引き返させたのです。そして結局、出発は十五分も遅れました。(62)

貴族の自尊心の**むなしさについて**。『見出された時』では、その同じゲルマント邸の華麗なパーティーが描かれています。しかし、ゲルマントの家系の最も純粋な出身で、その繊細さと独特のスタイルを称賛された大公夫人は亡くなり、代わりにゲルマント公爵夫人二号がその地位を引き継ぎます。彼女は裕福なブルジョワで、スノッブで下品で滑稽な人物なのですが、戦後の招待客たち、とりわけ成金のアメリカ人のご婦人方は、何の疑いもなく「夫人二号」を受け入れて称賛します。有名なゲルマント大公夫人と彼らを招いた女とが、名前と地位以外は何の関係もないなどとは、夢にも思いません。(63)

若さと美しさの**むなしさについて**。「寄る年波に取り返すすべもない衰えを(64)」——オデットは、最初は魅力的なお針子であり、スワンやほかの人たちの情熱の的でしたが、やがてスワンの妻となり、さらにフォルシュヴィル伯爵夫人となります。彼女は作品を通じて、女の誘惑を体現する存在ですが、最終巻では、娘のサロンの片隅でちぢこまる、ほとんど愚かな老女として描かれています。つねに贅沢とお世辞に慣れていた彼女が、今ではほとんど誰にも気づかれないのです。帰るときになって、みんなようやく近づいて深々とお辞儀をするのですが、彼女がサロンの外に出たとたんに、そんなことは忘れて、軽蔑と悪意を含んだ言葉で、彼女について大声で語り出します。そこでプルーストは、これまで何度も言ってきたように、残酷なまでの客観性を保ちながら、ふと思いがけなく優しい言葉を付け加えます。「生涯を通じてもてはやされ、崇められてきたこの女性が、いまや燕尾服と化粧で装ったこの獰猛な世界を、おびえと恐れのまなざしで見つめているのを見て、はじめて私は、彼女に対する同情を感じたのである[65]」。

名声のむなしさと無益さ。サラ・ベルナールをほとんど引き写したような大女優ラ・ベルマをめぐるテクストは、プルーストのなかでもほかに例のないものです。大女優は年を取り、病気になります。彼女は薬物中毒になっていて、もはやそれなしでは舞台で演じることができません。しかも、上演後は幾晩も苦しみ、パリの河岸のホテルで不眠に悩まされます。朝方になって、ようやく何時間か休むことができるばかり。彼女は愛する娘のためにだけ、この苦行に耐えていたのですが、その娘は母親が泊まっているホテルと隣り合わせの、同じようなホテルに泊まりたがります。その結果、朝から絶え間なくハンマーの音が響いて、ラ・ベルマの眠りを妨げてしまいます。

その頃、三流だけれども若い女優が、巻き返しを図ります。彼女は根回しをしたり、関係をもったりして、その下品さのおかげで、要求の低い大戦後の大衆の人気を得ます。そして、老女優ラ・ベルマがサロンを開く日をねらって、社交目的の発表会を企画します。彼女が現代詩を朗読すると、パリじゅうの社交人が詰めかけます。一方、才能ある老女優のサロンは、すっかりがらがらで、娘とその夫しかおらず、しかも彼は年老いた義母のパーティーに付き合わなければならないせいで、人の詰めかけるゲルマント大公夫人の才気あふれるサロンに行けなかったことに腹を立てています(66)。

プルーストは、彼女の骨ばった厚化粧の顔と、「エレクテイヨンの大理石像の蛇のように[67]」生き生きしたまなざしを描き出します。とどめの一撃を与えたのは、彼女の愛する娘でした。夫とともに母親のサロンを飛び出し、母親の最大の敵の成功を祝うために、招待されていないパーティーへ飛び込んだのです。追い立てられた獣のように、娘は女優のおかげで客間へ通されます。女優はといえば、いやいやながら娘をかばってやることで、ラ・ベルマに追いつき、彼女を傷つけることができて、うきうきしていました[68]。

恋愛のむなしさ。恋愛をめぐる遊びや情熱や逸脱は、それに身を捧げた人に何をもたらすでしょうか。シャルリュス男爵は、年を取り、社交界の周縁へ追われてから、連れ込み宿で、まるで岩に縛りつけられたプロメテウスのような格好で、恐ろしいマゾヒズムに身を委ねます。それからわたしたちは、同じシャルリュスが、子供に戻ったように、目も見えず、歩くこともできず、チョッキ仕立屋のジュピヤンに手を引かれて歩いているのを目撃します。シャルリュスとは若い頃からいかがわしい付き合いがあり、いまは売春宿を経営している彼だけが、老人のそばに残って、ほとんど母親のように甲斐甲斐しく世話をしてやっているのです。[69]

『失われた時』の主人公が最も深く愛したのは、アルベルチーヌです。『花咲く乙女たちのかげに』は、ごく若いアルベルチーヌと、スポーティーな彼女の友人たちの魅力を伝える描写にあふれています。『ソドムとゴモラ』や『アルベルチーヌ』では、少女が呼び起こす愛と嫉妬と優しさの世界に入り込んでいきます。『消え去ったアルベルチーヌ』は、失意の叫びでしかありません。逃げ出した少女を熱心に探し回り、彼女の過去について嫉妬と痛みに満ちた調査を行ないます。そして、一年も経たないうちに、旅先のヴェネツィアで彼女の突然の死を知らされたときには、ほかの女との短い恋に心を奪われていて、ほとんど気にも留めませんでした。[70]

プルーストの見事なまでの無関心ぶりは、肉体に対するパスカルの怒りとは何の共通点もありません。長い作品の最後にかけて、かくもそっけなく愛について語っているのは、あれほど苦しんだ作者その人なのです。彼は愛について、むしろ有用性の観点から語り、もう少し肉体に入り込んだ愛を勧めます。それは、芸術家の人生に何よりも混乱をもたらす社交性への情熱を解毒し、社交の愉しみに対して冷淡になるための最良の方法なのです。

プルーストはしだいにある一点にこだわるようになります。芸術家は孤独であり、孤独でなければならない、ということです。弟子や信奉者の存在でさえも、芸術家を弱めます。彼の愛についての見方はまったく悲観的で、そこに「繊細な傷と孤独の意識の強まり[71]」の原因しか見ないのですから、感覚の領域で彼がかろうじて少しは認めるのは、たぶん例の悦びだけです。自分を作品のなかに埋めてしまい、世を去り、はかない喜びをすべて捨てたときでも、ときどきは素敵な若い女の子と恋に落ちることはあってもいい、と思ったはずです。古代の騎士のように、薔薇だけで生きる人間ではなかったでしょう。

ベルゴットのドストエフスキー的側面

プルーストが死と生について晩年どのように考えていたか、長い経験を経て死

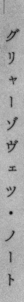

グリャーゾヴェッツ・ノート

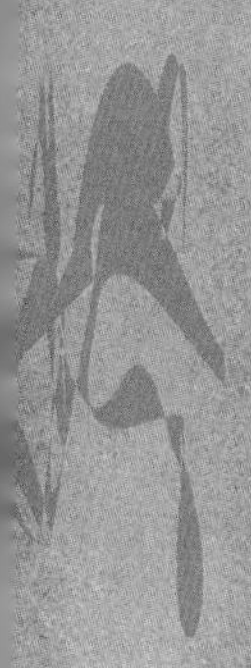

1、グリャーゾヴェッツのソ連収容所内で記されたと思われる手書きのノートより、
カラー図版 21 点を掲出する。

1、ほぼ全文がポーランド語で記載されているが、
「訳者解説にかえて」（p.154 〜）で記したように、
このカラー図版についての書誌情報が錯綜しているため、
以下の研究書にフランス語などで翻刻された6葉分のみ日本語訳を付した。
Sabine Mainberger et Neil Stewart (dir.), *À la recherche de la Recherche : Les notes de Joseph Czapski sur Proust au camp de Griazowietz, 1940-1941*, Lausanne, Noir sur Blanc, 2016.

1、レイアウトの都合上、図版のテクストと日本語訳との配置を完全に対応させることは断念した。
ご理解いただきたい。

Czyżowice

Tu daty – 8/II do 3/III 41

ТЕТРАДЬ

II

по ______________________ учени __________

______ класса ______________ школы

FRANCUZKI

NOTATKI MALARSKIE i INNE

1 Czapski
Warszawa
Bielańska 14

グリャーゾヴェツ

ここで、41年2月8日から3月3日まで

ノートII

フランス・ノート

絵画その他について

チャプスキ
ワルシャワ
ビエランスカ通り14番地

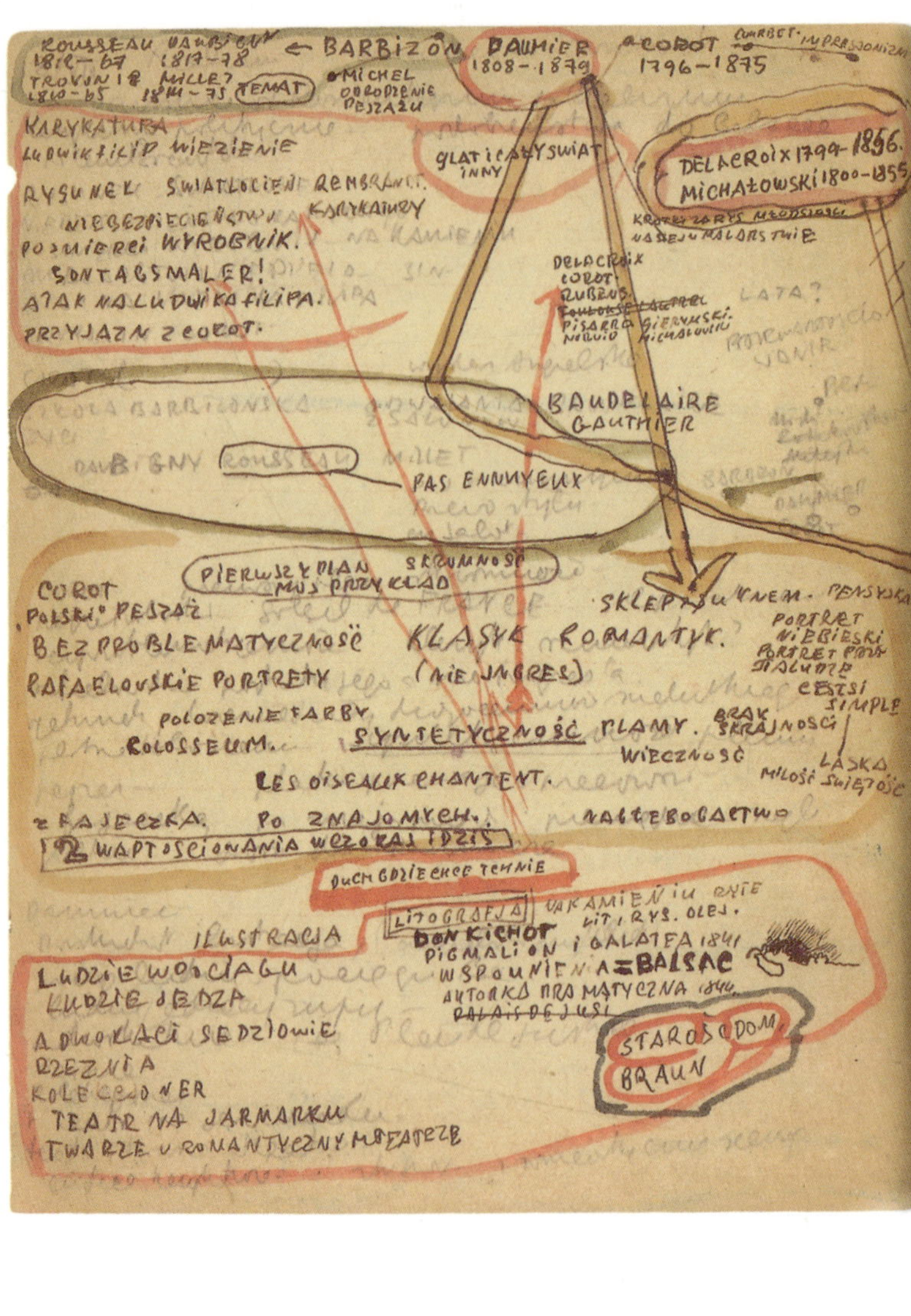

BARBIZON
DAUMIER 1808–1879
COROT 1796–1875
IMPRESJONIZM
MILLET
TEMAT
KARYKATURA
WIEZIENIE
RYSUNEK
REMBRANDT
KARYKATURY
WYROBNIK.
SONTAGSMALER!
ATAK NA LUDWIKA FILIPA.
PRZYJAZN Z COROT.
DELACROIX 1799–1856.
MICHAŁOWSKI 1800–1855
DELACROIX
COROT
RUBENS
BAUDELAIRE
GAUTHIER
ROUSSEAU
PAS ENNUYEUX
PIERWSZY PLAN
MUS PRZYKLAD
COROT
„POLSKI" PEJZAŻ
BEZPROBLEMATYCZNOŚĆ
KLASYK ROMANTYK.
(NIE INGRES)
RAFAELOWSKIE PORTRETY
POLOZENIE FARBY
SYNTETYCZNOŚĆ PLAMY.
KOLOSSEUM.
WIECZNOŚĆ
LES OISEAUX CHANTENT.
SIMPLE
LITOGRAFJA
ILUSTRACJA
DON KICHOT
PIGMALION I GALATEA 1841
BALSAC
LUDZIE W OCIAGU
ADWOKACI SEDZIOWIE
KOLECCJONER
TEATR NA JARMARKU
STAROŚĆ DOM
BRAUN

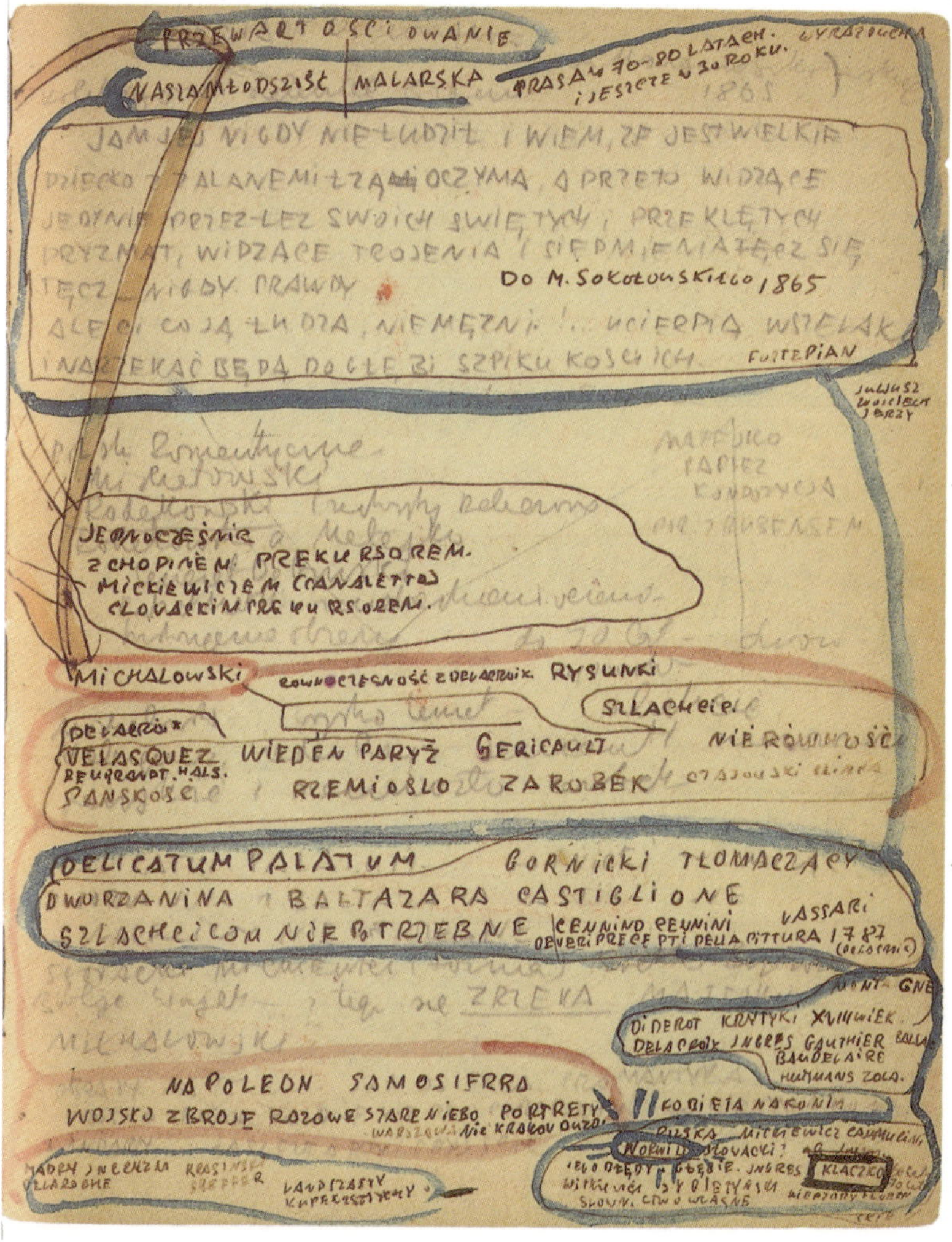

PRZEWARTOŚCIOWANIE

NASZA MŁODSZIŚĆ MALARSKA PRASA W 70–80 LATACH. I JESZCZE W 30 ROKU.

JAM JEJ NIGDY NIE ŁUDZIŁ I WIEM, ŻE JEST WIELKIE DZIECKO Z PALANEMI ŁZĄ OCZYMA, A PRZETO WIDZĄCE JEDYNIE PRZEZ ŁEZ SWOICH ŚWIĘTYCH I PRZEKLĘTYCH PRYZMAT, WIDZĄCE TROJENIA I SIEDMIENIA TĘCZ SIĘ TĘCZ NIGDY PRAWDY

DO M. SOKOŁOWSKIEGO 1865

ALE CI CO JĄ ŁUDZĄ, NIEMĘŻNI!... UCIERPIĄ WSZELAK I NARZEKAĆ BĘDĄ DO GŁĘBI SZPIKU KOŚCI ICH.

FORTEPIAN

JEDNOCZEŚNIE Z CHOPINEM PREKURSOREM. MICKIEWICZEM CANALETTO SŁOWACKIM PREKURSOREM.

MICHAŁOWSKI RÓWNOCZESNOŚĆ Z DELACROIX. RYSUNKI

SZLACHCIC

DELACROIX VELASQUEZ WIEDEŃ PARYŻ GERICAULT NIERÓWNOŚCI REMBRANDT HALS. PAŃSKOŚĆ RZEMIOSŁO ZAROBEK

DELICATUM PALATUM GÓRNICKI TŁOMACZĄCY DWORZANINA BALTAZARA CASTIGLIONE SZLACHCICOM NIEPOTRZEBNE CENNINO CENNINI VASSARI OPERE PRECETTI DELLA PITTURA 1787

DIDEROT KRYTYKI XVIII WIEK DELACROIX INGRES GAUTHIER BAUDELAIRE HUYSMANS ZOLA.

NAPOLEON SAMOSIERRA WOJSKO ZBROJE RÓŻOWE STARE NIEBO PORTRETY

KOBIETA NA KONIU

NORWID SŁOWACKI KLACZKO

DELACROIX COURBET

FORMA 1

2 FORMY 2

DELACROIX SŁOWACKI MICKIEWICZ FLAMANDOWIE
HOLENDRZY

3 ATAKI MICH. ANIOLA
ATAKI NORWIDA

4 COURBET
WENECJANIE. PÓŹNY RENESANS
HOLENDRZY

P.

~~ATAKI 2PR~~

4 OBRAZY JAKIE

COUR
REALIZM-DEKORACJA

ATAKI PRAWEJ STRONY 5

6 ~~Prawda~~

ATAKI 2 LEWEJ STRONY.
POLITYKA

POWRÓT DO KLASYKÓW WENECJAN
DUCH GDZIE CHCE TCHNIE

PO PRZEZ ZIEMIE

JEGO KONIEC. KOMUNA
MILEWSKI

MYCIELSKI 1890 DECALAGE
PANKIEWICZ 1885

13/V Wtorek. [illegible]

[illegible] „dobrego Towarzystwa" [illegible] Semmicki [illegible]

[illegible] 7 ludzi [illegible]

[illegible] w rezultacie [illegible] w rezultacie [illegible]

[illegible] Tak samo [illegible]

[illegible] ale mówi DLATEGO – że [illegible] Koleiny – [illegible]

[illegible] po holendersku [illegible]

[illegible] Bielarowo [illegible]

[illegible] Bernard [illegible]

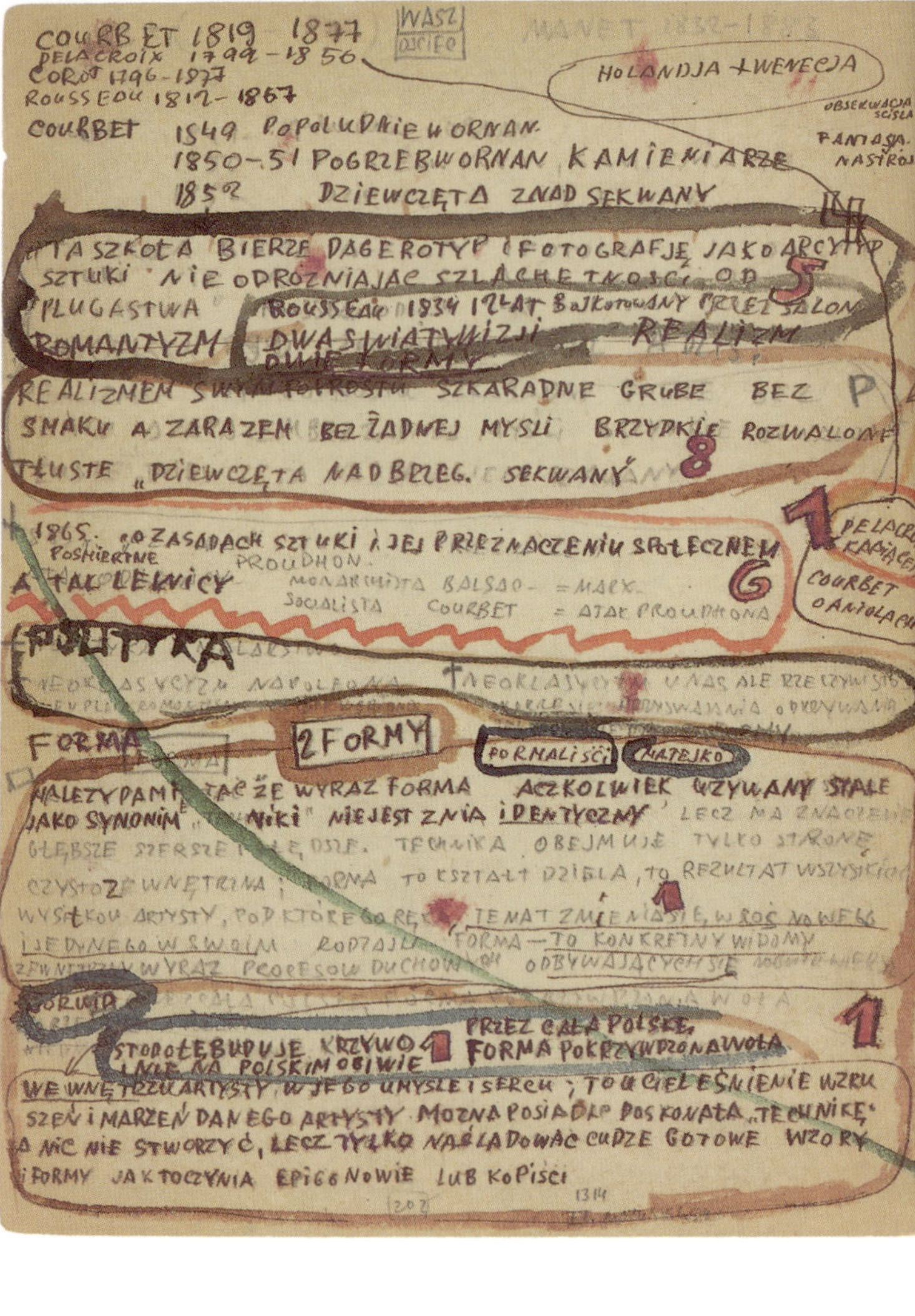

COURBET 1819 1877
DELACROIX 1799-1856
COROT 1796-1877
ROUSSEOU 1812-1867
COURBET 1849 POPOŁUDNIE W ORNAN
1850-51 POGRZEB W ORNAN KAMIENIARZE
1852 DZIEWCZĘTA Z NAD SEKWANY

HOLANDJA + WENECJA
OBSERWACJA ŚCISŁA
FANTASJA NASTRÓJ

TA SZKOŁA BIERZE DAGEROTYP I FOTOGRAFJĘ JAKO ARCYTYP SZTUKI NIE ODRÓŻNIAJĄC SZLACHETNOŚCI OD PLUGASTWA
ROUSSEAU 1834 12 LAT BOJKOTOWANY PRZEZ SALON
ROMANTYZM DWA ŚWIATY WIZJI DWIE FORMY REALIZM

REALIZMEM ... SZKARADNE GRUBE BEZ SMAKU A ZARAZEM BEZ ŻADNEJ MYŚLI BRZYDKIE ROZWALONE TŁUSTE „DZIEWCZĘTA NAD BRZEG. SEKWANY"

1865 O ZASADACH SZTUKI I JEJ PRZEZNACZENIU SPOŁECZNEM
POŚMIERTNE PROUDHON
ATAK LEWICY MONARCHISTA BALSAC = MARX
SOCJALISTA COURBET = ATAK PROUDHONA

DELACROIX KAPIĄCE IX
COURBET O ANIOŁACH

POLITYKA

FORMA 2 FORMY FORMALIŚCI MATEJKO

NALEŻY PAMIĘTAĆ ŻE WYRAZ FORMA ACZKOLWIEK UŻYWANY STALE JAKO SYNONIM „TECHNIKI" NIE JEST Z NIĄ IDENTYCZNY, LECZ MA ZNACZENIE GŁĘBSZE SZERSZE ... TECHNIKA OBEJMUJE TYLKO STRONĘ CZYSTO ZEWNĘTRZNĄ; FORMA TO KSZTAŁT DZIEŁA, TO REZULTAT WSZYSTKICH WYSIŁKÓW ARTYSTY, POD KTÓREGO RĘKĄ TEMAT ZMIENIA SIĘ ... JEDYNEGO W SWOIM RODZAJU. FORMA — TO KONKRETNY WIDOMY ZEWNĘTRZNY WYRAZ PROCESÓW DUCHOWYCH ODBYWAJĄCYCH SIĘ

NORWID
PRZEZ CAŁĄ POLSKĘ FORMA POKRZYWDZONA WOŁA
... BUDUJE KRZYWO I ŹLE NA POLSKIM OBIWIE

WEWNĄTRZ ARTYSTY, W JEGO UMYŚLE I SERCU; TO UCIELEŚNIENIE WZRUSZEŃ I MARZEŃ DANEGO ARTYSTY. MOŻNA POSIADAĆ DOSKONAŁĄ „TECHNIKĘ" A NIC NIE STWORZYĆ, LECZ TYLKO NAŚLADOWAĆ CUDZE GOTOWE WZORY I FORMY JAK TO CZYNIĄ EPIGONOWIE LUB KOPIŚCI

1314

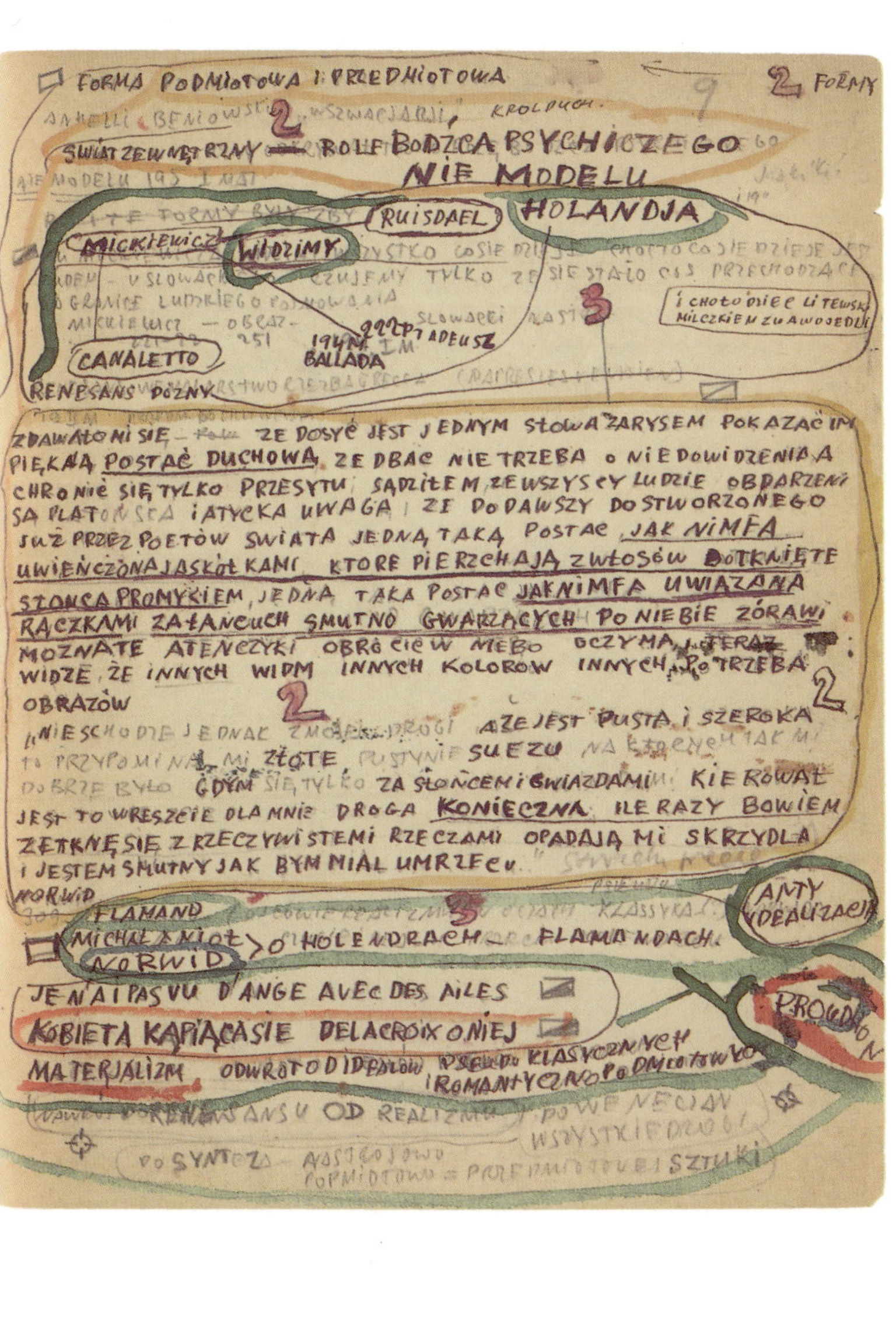

FORMA PODMIOTOWA I PRZEDMIOTOWA — 2 FORMY

ŚWIAT ZEWNĘTRZNY — ROLĘ BODŹCA PSYCHICZNEGO NIE MODELU

RUISDAEL — HOLANDJA

MICKIEWICZ — WIDZIMY

CANALETTO — 1944 TADEUSZ BALLADA

RENESANS PÓŹNY

ZDAWAŁO MI SIĘ — ŻE DOSYĆ JEST JEDNYM SŁOWA ZARYSEM POKAZAĆ IM PIĘKNĄ POSTAĆ DUCHOWĄ, ŻE DBAĆ NIE TRZEBA O NIEDOWIDZENIA A CHRONIĆ SIĘ TYLKO PRZESYTU, SĄDZIŁEM, ŻE WSZYSCY LUDZIE OBDARZENI SĄ PLATOŃSKĄ I ATYCKĄ UWAGĄ I ŻE DODAWSZY DO STWORZONEGO JUŻ PRZEZ POETÓW ŚWIATA JEDNĄ TAKĄ POSTAĆ JAK NIMFA UWIEŃCZONA JASKÓŁKAMI, KTÓRE PIERZCHAJĄ Z WŁOSÓW DOTKNIĘTE SŁOŃCA PROMYKIEM, JEDNĄ TAKĄ POSTAĆ JAK NIMFA UWIĄZANA RĄCZKAMI ZA ŁAŃCUCH SMUTNO GWARZĄCYCH PO NIEBIE ŻÓRAWI MOŻNA TE ATENCZYKI OBRÓCIĆ W NIEBO OCZYMA, I TERAZ WIDZĘ, ŻE INNYCH WIDM INNYCH KOLORÓW INNYCH POTRZEBA OBRAZÓW

„NIE SCHODZĘ JEDNAK Z MOJEJ DROGI A ŻE JEST PUSTA I SZEROKA TO PRZYPOMINA MI ZŁOTE PUSTYNIE SUEZU NA KTÓRYCH TAK MI DOBRZE BYŁO GDY M SIĘ TYLKO ZA SŁOŃCEM I GWIAZDAMI KIEROWAŁ. JEST TO WRESZCIE DLA MNIE DROGA KONIECZNA. ILE RAZY BOWIEM ZETKNĘ SIĘ Z RZECZYWISTEMI RZECZAMI OPADAJĄ MI SKRZYDŁA I JESTEM SMUTNY JAK BYM MIAŁ UMRZEĆ."

NORWID

FLAMAND — MICHAŁ ANIOŁ — NORWID — O HOLENDRACH — FLAMANDACH — ANTY IDEALIZACJA

JE N'AI PAS VU D'ANGE AVEC DES AILES

KOBIETA KĄPIĄCA SIĘ DELACROIX O NIEJ

MATERJALIZM ODWRÓT OD IDEAŁÓW PSEUDO KLASYCZNYCH I ROMANTYCZNO PODMIOTOWYCH — PROUDHON

RENESANSU OD REALIZMU — PO WENECJAN WSZYSTKIE DROGI

DO SYNTEZY — PODMIOTOWO = PRZEDMIOTOWEJ SZTUKI

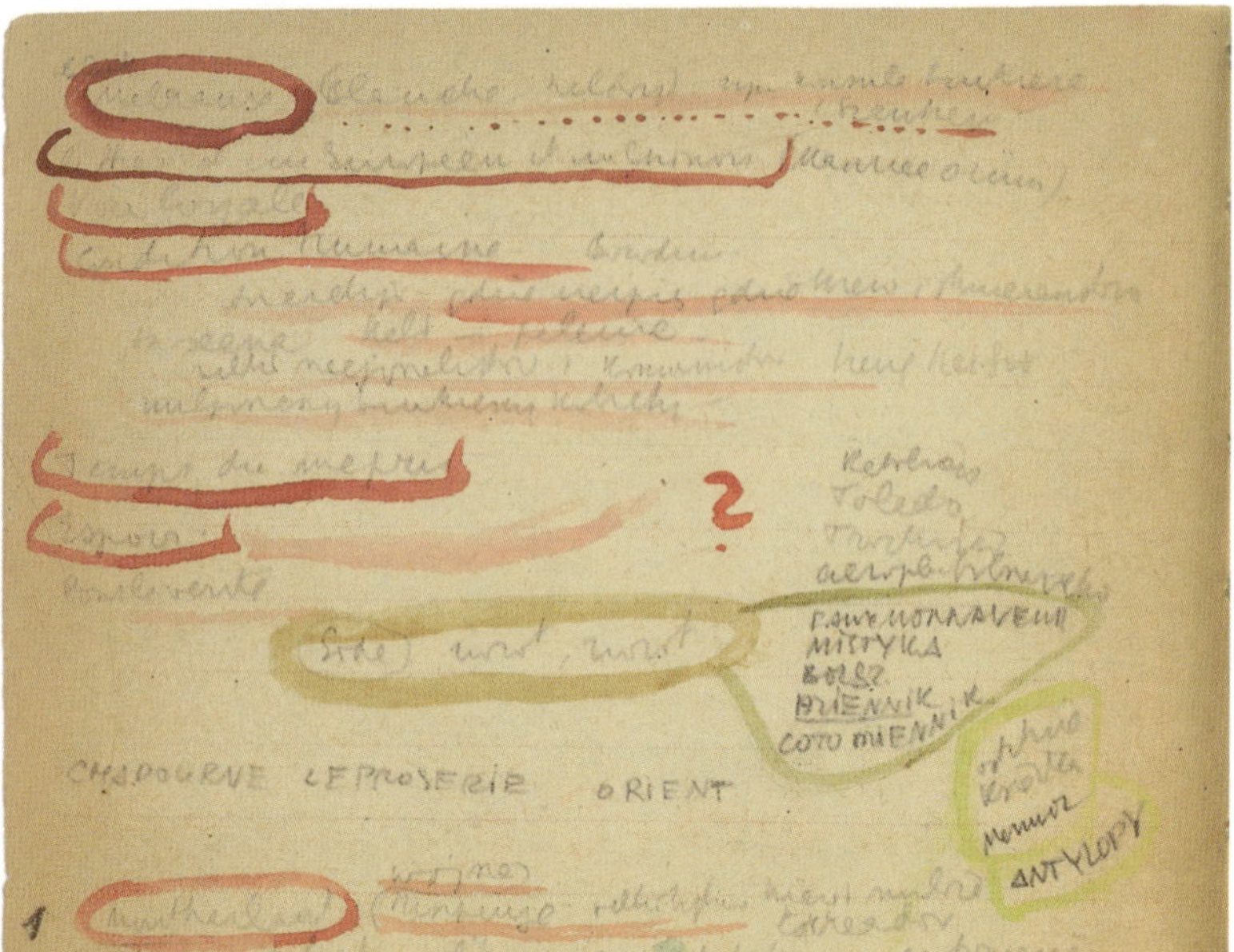

Malraux - Blanche relânt sym ennis écriture
H... europeen d'aujourd'hui (Manrès ocuny)
Le noyal
condition humaine - Orient
                 Renoir - dois neppis pour krew, Riecendose
la scene - kelt - pelerine
         vido necjmelsty i kromosho - hug Krist
     milysnony Ruskim lutetia

Temps du mépris   Retrois
Espoir   Toledo
                                   Trutera
                          ?   aeropl flurofs
pour verité
               (site) urd. Anvil   S. BONAVENTURE
                                   MISTYKA
                                   BOLES.
                                   PIENNIK
                                   COTO MIENNIK   oppres
                                                      vendette
CHAPOURNE LEPROSERIE ORIENT   memur
                                                      ANTYLOPY
      Scenes
1 Anthelme Morphno ratteutjem ment nyker
     Rodin Srokeh   aman courfait de feum enthrange
   naiva tem pocis 2 while
   miebrowstro (crograhondso) Albry
      Cykety nocyples o kohere   PORNOGRAFIE
                                              UAISON DANGE
2 Drieu   Zenode n Moxen   CECTE
   Gide   cykyi-crym   SCEPTY K   Mysla FRANESA
   un neoitorien on Angleij?   Huides   storentitzy ne
   Ceministes Bernier   Uturmey   Donat
   Dolot   Fabre
                                              lefait donner
3 St Exupery lotnik, miestou jaremi   les theones
  leiumot nasdop tu slova - kulturi
  wynienenie cstorela - listy baschin   OUVOIR
  kobiete czjasd relania pirat la vie et hon...   DOUVRA FESS

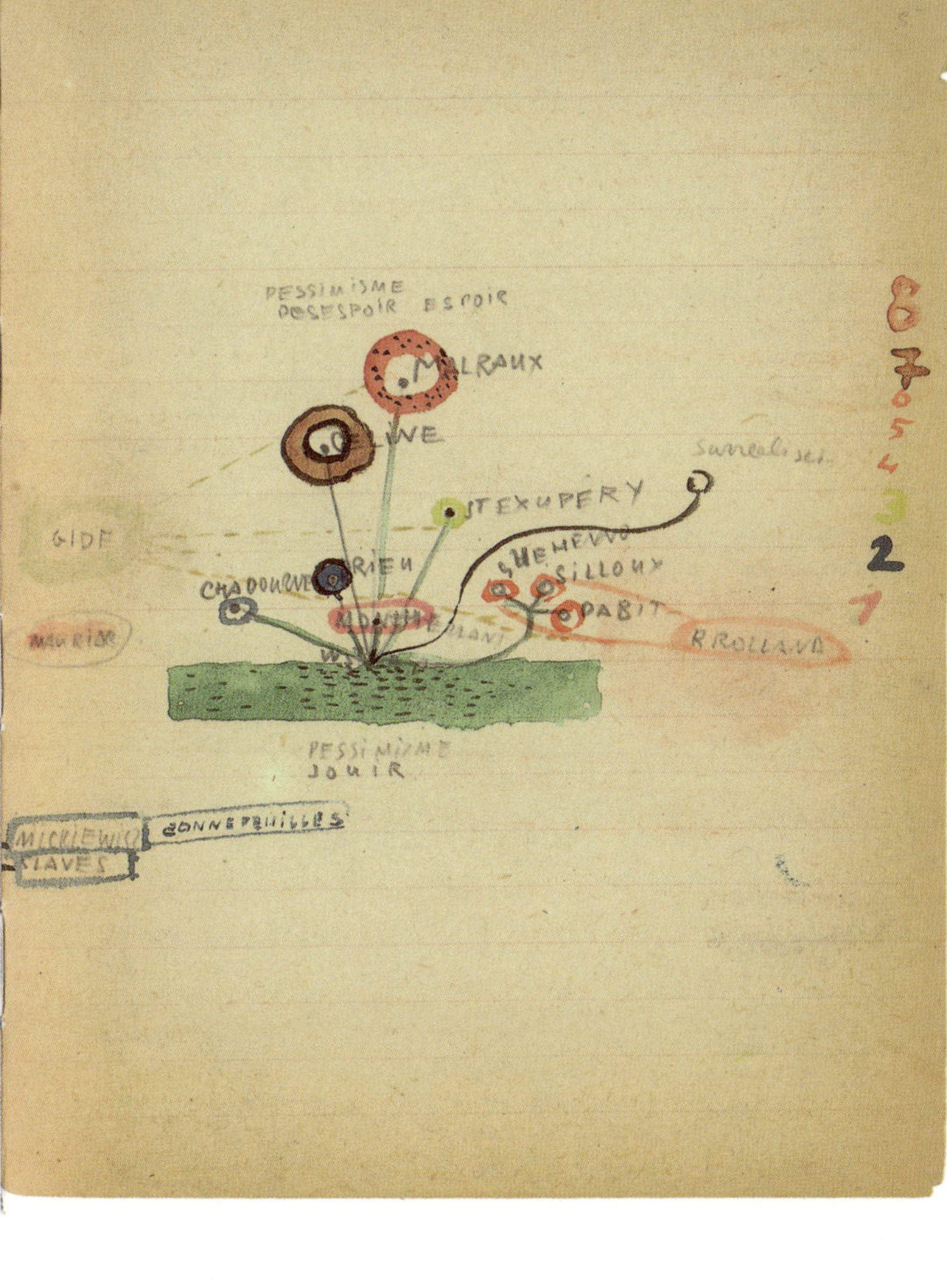

PESSIMISME
DESESPOIR ESPOIR
MALRAUX
STEXUPERY
GIDE
RIEN
DABIT
RROLLAND
PESSIMISME
JOUIR
SLAVES
8
7
2
1

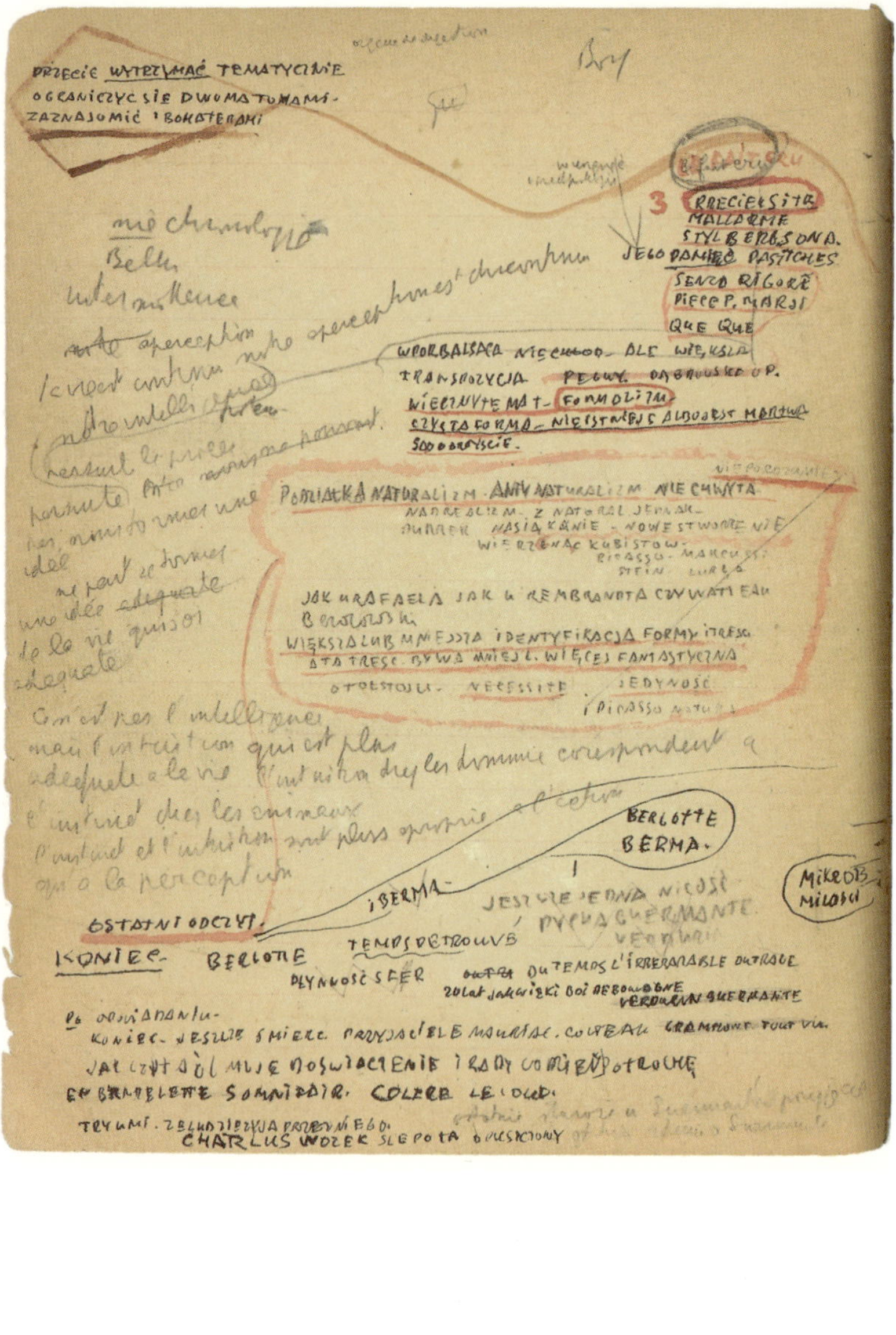

PRZECIE WYTRZYMAĆ TEMATYCZNIE
OGRANICZYC SIE DWUMA TOMAMI.
ZAZNAJOMIĆ Z BOHATERAMI

3 PRECIEUSITA
MALLARME
STYL BERGSONA.
JEGO PAMIĘĆ PASTICHES
SENZA RIGORE
PIECE P. MARJI
QUE QUE

WPORBALSACA NIE CHODZ. ALE WIĘKSZA
TRANSPOZYCJA PEGUY. DABROWSKI OP.
WIECZNY TEMAT – FORMALIZM.
CZYSTA FORMA – NIE ISTNIEJE ALBO JEST MARTWA
SODOBRYSCIE.

NIEPOROZUMIE

POBLIŻKA NATURALIZM · ANTYNATURALIZM NIE CHWYTA
NADREALIZM. Z NATURAL JEDNAK.
ZURREK NASIĄKANIE – NOWE STWORZENIE
WIERZENAC KUBISTOW.
PICASSO – MARCUSSI
STEIN LURÇA

JAK U RAFAELA JAK U REMBRANDTA CZY WATTEAU
Berezowski
WIĘKSZA LUB MNIEJSZA IDENTYFIKACJA FORMY I TREŚCI
A TA TREŚĆ BYWA MNIEJ L. WIĘCEJ FANTASTYCZNA
OTOESTOJLI. NECESSITE. JEDYNOŚĆ
I PICASSO NATUR

nié chronologie

Belle
intermittence
aperception

Ce n'est pas l'intelligence
mais l'intuition qui est plus
adequate à la vie

BERLOTTE
BERMA.

I BERMA.

JESZCZE JEDNA NICOŚĆ
PYCHA GUERMANTE.
VERDURIN

MIKROB
MIŁOŚCI

OSTATNI ODCZYT.

KONIEC. BERLOTTE TEMPS RETROUVE
PŁYNNOŚĆ SFER OUTRA DU TEMPS L'IRREPARABLE OUTRAGE
20 LAT JAK WIELKI BOI NIEBOWOBNE
VERDURIN GUERMANTE

Po opowiadaniu.
KONIEC. JESZCZE ŚMIERĆ. PRZYJACIELE MAURIAC. COCTEAU GRAMMONT TOUT VA.
JAK CZYTAJĄC MOJE OŚWIADCZENIE I RADY COMBIEN PROUCHE
EMBRAILLETTE SOMMEILLIR. COLERE LE COLD.
TRYUMF. ZGŁUDZIEŻYJA PRZEWNIEGO.
CHARLUS WÓZEK ŚLEPOTA OPUSZCZONY

消化器官　　　　　　　ボイ

もちろん主題から離れないこと
二巻に限定する
登場人物を紹介する

時系列ではない
バルベック
間歇
わたしたちの知覚
生は連続している　わたしたちの知覚は不連続である
わたしたちの知性［xxx］
思想を追いかける
~~［xxx］~~を追いかける　~~わたしにはできない~~
考えをもたない
~~適切な~~考えをもつことができない
知性ではなく
直観の方がより生に適している
直観は人間において動物の本能に対応する
知覚よりも

玄関ホールに殺到する
むき出しの事実
3　フィルターを通して
マラルメ
ベルクソンの文体
彼の記憶、パスティーシュ
senza rigore
P. 部屋［xxx］
que que
バルザックとの比較。距離がない。もっと大きな
置き換え　ペギー　ドンブロフスカのP論
永遠の主題－フォルマリスム
純粋形態－それは存在しないか、死んでいる
芸術家についての意見
誤解
自然主義の古典化－反自然主義は説得的でない
シュルレアリスムと自然なもの。とはいえ
デューラー　浸透　新しい創造
キュビスムに対して反抗する
ピカソ－マコフスキ
スタイン－ルリエー
ラファエルにおけるように、レンブラントやヴァトー
ブジョゾフスキにおけるように
形式と内容の多かれ少なかれ大きな一致
そしてその内容は多かれ少なかれ幻想的である
トルストイについて　　必然性－統一性
細菌。　　ピカソ－自然

ベルマと　　ベルゴット
ベルマ
最後の講義　　　またしても虚栄

終わり　　ベルゴット　　見出された時　　ゲルマント家の傲慢　　愛について
ヴェルデュラン
空間の流動性　　~~おとろ~~　　時の取り返すすべもない衰えを
20歳　世紀のように　ブーローニュの森
ヴェルデュラン　ゲルマント

物語の後

終わり　さらに死が。友人たち　モーリヤック。コクトー。グラモン。一生ずっと
どのように読むか（わたしの経験と日ごとのわたしの忠告）少しずつ
目隠しされて　　睡眠薬　　怒り　　大公
最後の老い　　ゲルマント家でのパーティー
勝利、なぜなら人々は彼のおかげで生きている　　ゲルマント家に関する最後のフレーズ
シャルリュス　車椅子　失明　打ち捨てられて

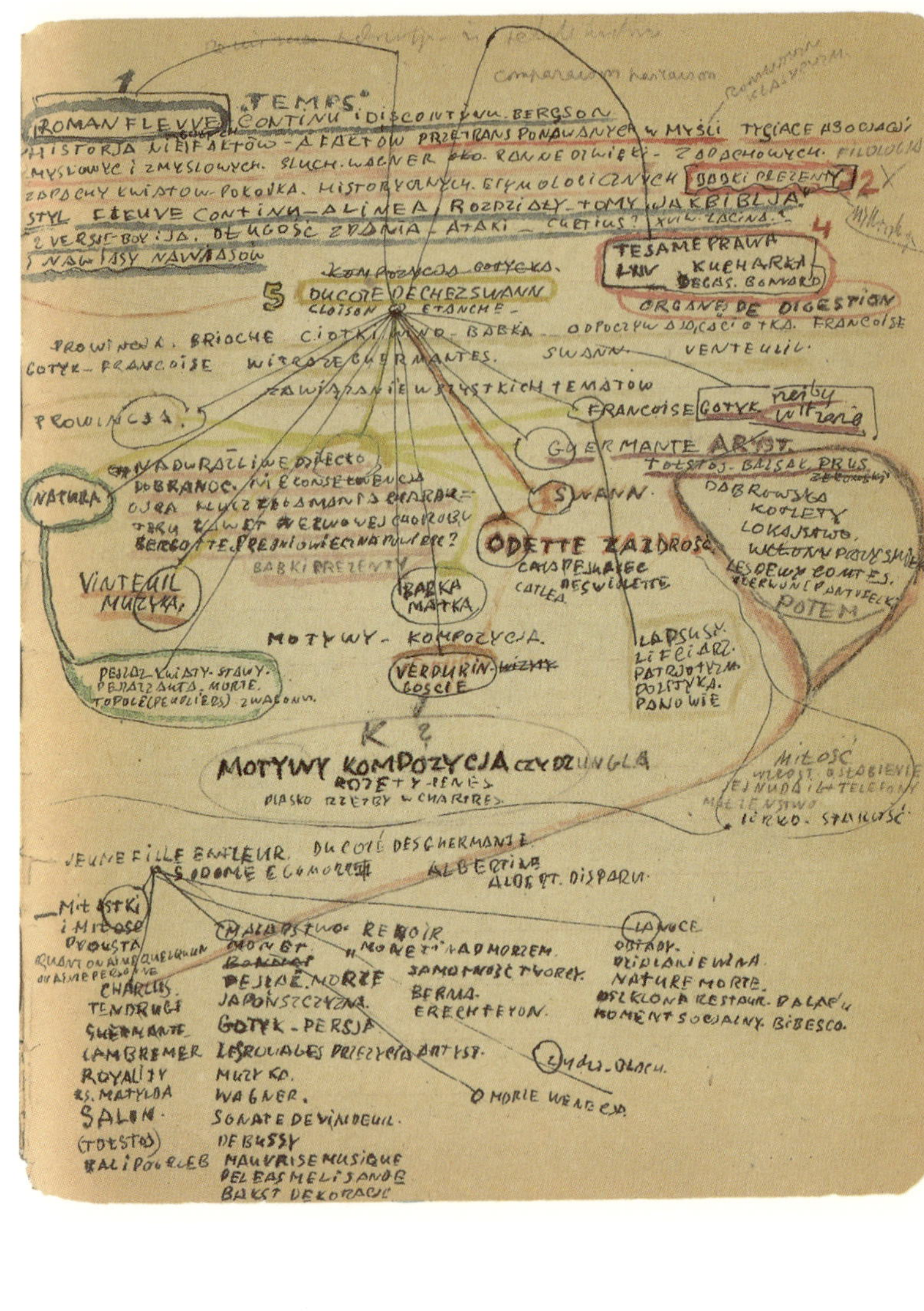
"TEMPS"
ROMAN FLEUVE
CONTINU I DISCONTINU. BERGSON
STYL FLEUVE CONTINU - ALINEA, ROZDZIAŁY - TOMY JAK BIBLJA
TESAME PRAWA
ORGANES DE DIGESTION
KOMPOZYCJA GOTYCKA
5 DU COTÉ DE CHEZ SWANN
ZAWIĄZANIE WSZYSTKICH TEMATÓW
PROWINCJA
FRANÇOISE
NATURA
SWANN
ODETTE ZAZDROŚĆ
TOŁSTOJ. BALZAC. PRUS.
DĄBROWSKA
LOKAJSTWO
POTEM
VINTEUIL MUZYKA
BABKA MATKA
MOTYWY - KOMPOZYCJA
VERDURIN GOŚCIE
MOTYWY KOMPOZYCJA CZY DŻUNGLA
JEUNE FILLE EN FLEUR
DU COTÉ DES GUERMANTES
ALBERTINE
CHARLUS
CAMBREMER
ROYALITY
SALON
(TOŁSTOJ)
JAPOŃSZCZYZNA
GOTYK - PERSJA
WAGNER.
SONATE DE VINTEUIL
DEBUSSY
PELEAS MELISANDE
BAKST DEKORACJE
NATURE MORTE
ERECHTEYON

哲学が存在しないこと－小さな物語しか
比較 理由ではなく　　　ロマン主義
1　　　時間　　　　　　　　　　　　　古典主義
大河小説　連続と不連続。ベルクソン
ひとつの物語 いや事実の羅列ではない－思考のなかに置き換えられた事実 無数の
精神的および感覚的な連合 聴覚。ヴァグナー、眼。朝の音、嗅覚的。文献学
花の香り。部屋の。歴史的な。語源学的な。　祖母の贈り物　　　2Ｘ
文体　連続する河－行分け－章立て－聖書のような巻数
2つのヴァージョン－ボイとわたし。フレーズの長さ－攻撃－クルティウス？－ XVI S. ラテン語？
4　顕微鏡
括弧のなかに括弧を入れる　　　　　　同じ法則
5　~~ゴシック的構成~~　　　　LXIV 料理人
スワン家の方へ　　　　　　ドガ、ボナール
完全な分離　　　　　　　消化器官
田舎　ブリオッシュ　伯母たち　ワイン　祖母　休息する伯母。フランソワーズ
ゴシック－フランソワーズ　ステンドグラス－ゲルマント家　　スワン　ヴァントゥイユ
すべての主題のあいだにある関係　　　　　　良心

田舎
過敏な子供
おやすみ、父親の非一貫性
自然　キャラクターを
あるいは神経症自体を壊すための鍵
ベルゴット　中世風小説？
祖母の贈り物
ヴァントゥイユ　　　祖母
音楽　　　　　　　　母親
モチーフ－構成
風景　花　池　　　　ヴェルデュラン　訪問
車からの風景　海　　招待客
列車から見たポプラの木

K？
モチーフ　　構成　またはジャングル
薔薇窓［xxx］
シャルトルの浅浮き彫り
花咲く乙女たち　　ゲルマントの方へ
ソドムとゴモラ　アルベルチーヌ
消え去ったアルベルチーヌ
プルーストの恋の遊び
と恋　　　　　　　絵画
誰かを愛するとき　　モネ
人は誰も愛さない　　ボナール
シャルリュス　　　　風景　海
この他人　　　　　　日本趣味
ゲルマント　　　　　ゴシック－ペルシア
カンブルメール　　　芸術的体験の歯車
王権　　　　　　　　音楽
マチルド王女　　　　ヴァグナー
サロン　　　　　　　ヴァントゥイユのソナタ。
(トルストイ)　　　　ドビュッシー
舞踏会と葬送　　　　悪い音楽
ペレアスとメリザンド
バクスト　装飾

フランソワーズ－ゴシック　　ステンドグラス
貴［族の］ゲルマント
トルストイ、バルザック、プルス、~~ジェロムスキ~~
スワン　　ドンブロフスカ
骨つきロース肉
召使
嫉妬　オデット　　死を前にしたオマージュ
すみれを挿した　　二人の公爵。
帽子　　　　　　　赤いスリッパ
それから
言い間違え
エレベーターボーイ
愛国主義
政治
紳士たち
愛
飛躍。凋落
倦怠と電話
結婚
少女。老い

ルノワール　　　新婚
「モネ」海辺の　　昼食
創造者の孤独　　ワインの作用
ベルマ　　静物画。
エレクテイヨン　　邸宅のレストランの窓
社会的コミュニ［ティ？］　　ビベスコ。

ユダヤ人たち　ブロック
海　ヴェネツィア

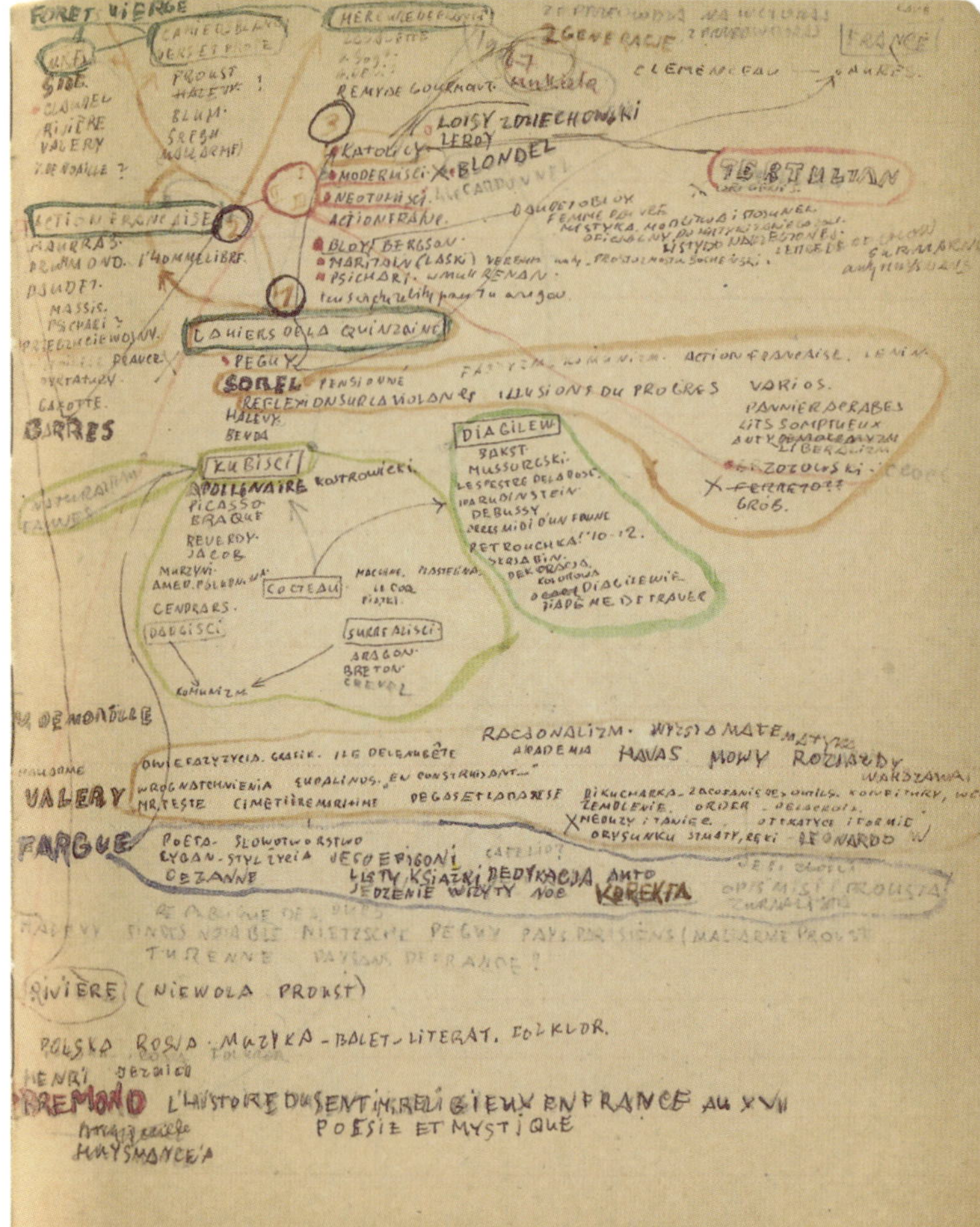
FORET VIERGE
PROUST
CLAUDEL
RIVIÈRE
VALERY
REMY DE GOURMONT
2 GENERACJE
FRANCE
CLEMENCEAU
LOISY
LEROY
KATOLICY
BLONDEL
MODERNIŚCI
NEOTOMIŚCI
ACTION FRANÇAISE
MAURRAS
BLOY BERGSON
MARITAIN
PSICHARI
CAHIERS DE LA QUINZAINE
PEGUY
SOREL
ILLUSIONS DU PROGRES
HALEVY
BENDA
BARRES
KUBIŚCI
APOLLINAIRE
PICASSO
BRAQUE
REVERDY
JACOB
COCTEAU
CENDRARS
DADAIŚCI
SURREALIŚCI
ARAGON
BRETON
DIAGILEW
BAKST
MUSSORGSKI
DEBUSSY
RACJONALIZM
HAVAS
VALERY
FARGUE
CEZANNE
KOREKTA
RIVIÈRE (NIEWOLA PROUST)
POLSKA ROSJA MUZYKA - BALET - LITERAT. FOLKLOR.
HENRI BREMOND
L'HISTOIRE DU SENTIMENT RELIGIEUX EN FRANCE AU XVII
POESIE ET MYSTIQUE

NOTATKI O ALFONSE DAUDET Z [illegible] 1940 [illegible]

ur. 1840 w Nîmes. syn [illegible] małej fabryczki [illegible]

[illegible] prostytucja

w 1859 [illegible] gdzie [illegible]

1868 LE PETIT CHOSE. na pół autobiograficzny charakter [illegible]

[illegible] Sorelowi [illegible] (francuski)

1872 Tartarin de Tarascon.

1876 Jack 1876. ~~Numa Roumestan 1881~~ Sefo [illegible] robotnice.

Numa Roumestan 1881 pamflet na parlamentaryzm

Sapho (Mœurs de Paris) 1884 bohema

„L'Immortel" 1888 powieść pamflet na [illegible] akademię

„Les Rois en exil" 1879 według [illegible] [illegible] „jest [illegible]. według K. to był pamflet na [illegible] Bismarcka.

„Lettres de mon Moulin" [illegible]

umarł 16 XII 1897.

[illegible] Léon Daudet [illegible] tylko „LE NABAB"* [illegible] avec le duc de Morny (na [illegible]) [illegible]

1840 –1857

ALFONSE DAUDET.

PROSPERE MERIME

Mériméé umarł 23 IX 1871 r. Żukowski [illegible] „Mateo Falcone"

Puszkin chwalił Gogol o nim napisał artykuł GDZIE?

[illegible] dla popularyzacji ros. lit. [illegible]

~~[illegible]~~ ([illegible])

Przyjaciel Mériméé – [illegible] romantyzm.

Jego dzieło – „La Jaquerie" ~~[illegible]~~ [illegible] z pol. XVI wieku [illegible]

„[illegible] de St. Barthelemy"

[illegible] przez Puszkina „Le [illegible]" «[illegible] ошибка» «[illegible]»

[illegible]

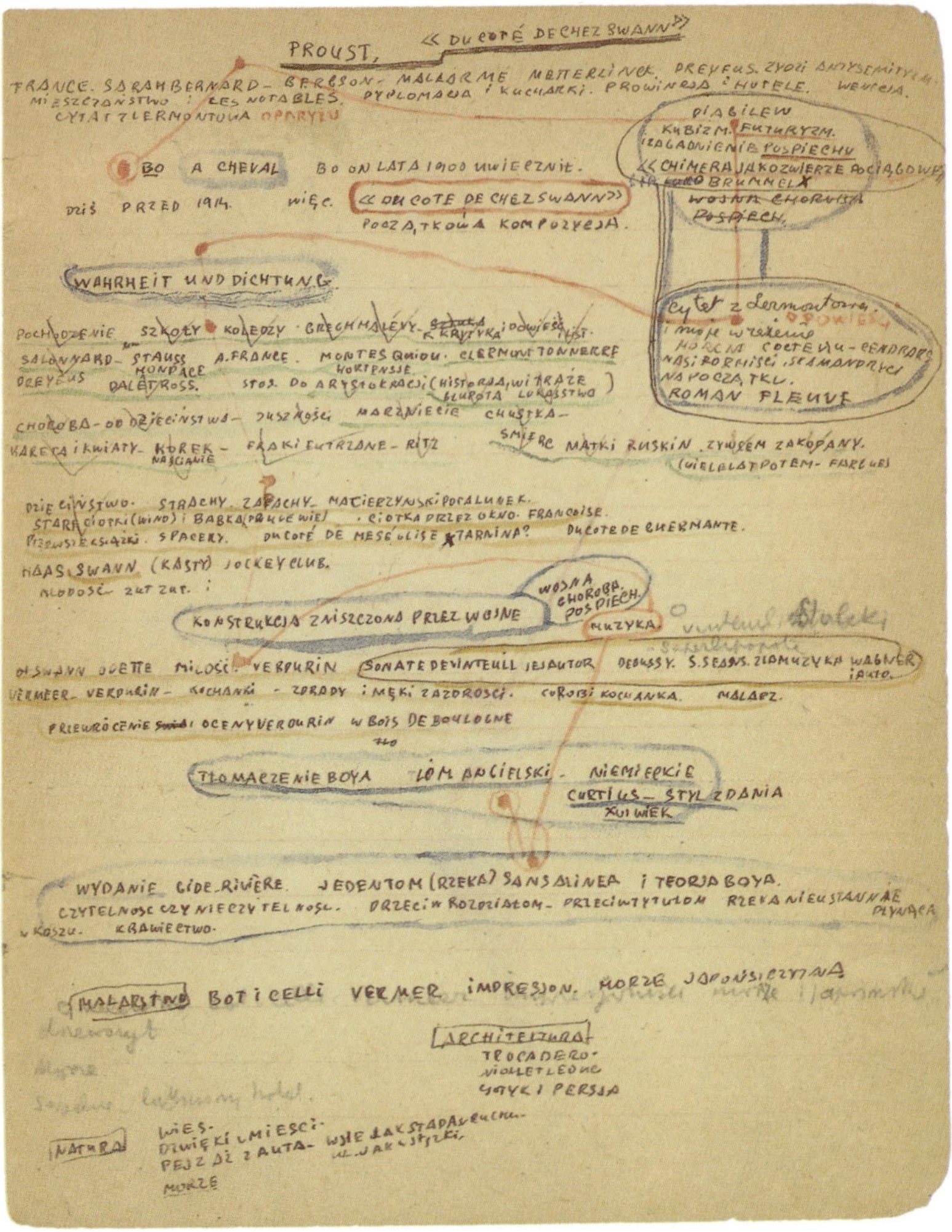

PROUST, « DU COTÉ DE CHEZ SWANN »

FRANCE. SARAH BERNARD – BERGSON – MALLARMÉ MAETERLINCK. DREYFUS. ŻYDZI ANTYSEMITYZM.
MIESZCZAŃSTWO i LES NOTABLES. DYPLOMACJA i KUCHARKI. PROWINCJA i HOTELE. WENECJA.
CYTAT Z LERMONTOWA O PORYWIE

BO A CHEVAL BO ON LATA 1900 UWIECZNIŁ.

DZIŚ PRZED 1914. WIĘC. « DU COTE DE CHEZ SWANN »
POCZĄTKOWA KOMPOZYCJA.

DIAGILEW
KUBIZM. FUTURYZM.
ZAGADNIENIE POŚPIECHU
« CHIMERA JAKO ZWIERZĘ POCIĄGOWE »
BRUMMEL
WOJNA CHOROBA
POŚPIECH.

Cytat z Lermontowa.
i moje wrażenie
MORAND COCTEAU – CENDRARS
NASI FORMIŚCI, SKAMANDRYCI
NA POCZĄTKU.
ROMAN FLEUVE

WAHRHEIT UND DICHTUNG

POCHODZENIE SZKOŁY KOLEDZY GRECH MALEVY. KRYTYKA i POWIEŚĆ LIST.
SALON NARD – STAUSS A. FRANCE. MONTESQUIOU. CLERMONT TONNERRE
DREYFUS MONDAINE BALET ROSS. STOS. DO ARYSTOKRACJI (HISTORJA, WITRAŻE) HORTENSJE GŁUPOTA ŁAJDACTWO
CHOROBA – OD DZIECIŃSTWA – DUSZNOŚCI MARZNIĘCIE CHUSTKA –
KARETA i KWIATY – KOREK NA ŚCIANIE – FRAKI FUTRZANE – RITZ ŚMIERĆ MATKI RUSKIN. ŻYWCEM ZAKOPANY. (WIELE LAT POTEM – FARGUE)

DZIECIŃSTWO. STRACHY. ZAPACHY. MACIERZYŃSKI POCAŁUNEK.
STARE CIOTKI (WINO) i BABKA (PRAWIE WIEŚ) . CIOTKA PRZEZ OKNO. FRANÇOISE.
PIERWSZE KSIĄŻKI. SPACERY. DU COTÉ DE MESÉGLISE TARNINA? DU COTE DE GUERMANTE.
HAAS. SWANN (KASTY) JOCKEY CLUB.
MŁODOŚĆ ZUT ZUT. :

KONSTRUKCJA ZNISZCZONA PRZEZ WOJNĘ — WOJNA CHOROBA. POŚPIECH.

MUZYKA. VINTEUIL Słobeki

SWANN ODETTE MIŁOŚĆ. VERDURIN SONATE DE VINTEUIL JEJ AUTOR DEBUSSY. S. SAENS. ZŁA MUZYKA WAGNER i AKTO.
VERMEER – VERDURIN – KOCHANKI – ZDRADY i MĘKI ZAZDROŚCI. CO ROBI KOCHANKA. MALARZ.
PRZEWRÓCENIE OCENY VERDURIN W BOIS DE BOULOGNE

TŁOMACZENIE BOYA ŁOM ANGIELSKI. NIEMIECKIE
CURTIUS – STYL ZDANIA
XVI WIEK

WYDANIE GIDE-RIVIÈRE. JEDEN TOM (RZEKA) SANS ALINEA i TEORJA BOYA.
CZYTELNOŚĆ CZY NIECZYTELNOŚĆ. PRZECIW ROZDZIAŁOM – PRZECIW TYTUŁOM RZEKA NIEUSTANNIE PŁYNĄCA
W KOSZU. KRAWIECTWO.

MALARSTWO BOTICELLI VERMER IMPRESJON. MORZE JAPOŃSZCZYZNA

ARCHITEKTURA
TROCADERO.
VIOLLET LE DUC
GOTYK i PERSJA

NATURA WIEŚ.
DŹWIĘKI W MIEŚCIE. WYJE JAK STADO KRUKÓW.
PEJZAŻ Z AUTA – JAK WSZYSTKO,
MORZE

スワン家の方へ

プルースト

フランス。サラ・ベルナール－ベルクソン－マラルメ。メーテルランク－
ドレフュス－ユダヤ人たち　反ユダヤ主義
ブルジョワジー：公証人－外交と料理女たち。田舎とホテル。－ヴェネツィア
レールモントフのパリについての引用

ディアギレフ
キュビスム　未来派
そして速さの問題
「動物としてのキメラ素描」
ブランメルx閣下　輿
戦争　病気
速さ

自動車から馬
なぜなら1900年代を不動のものにしたから
今日　1914年より前　したがって「スワン家の方へ」
根源的な構成
真実と詩
起源。学校。学友グレー アレヴィ　芸術　と小説
批評　と手紙
サロンの常連　ストロース　A.フランス
モンテスキュー　クレルモン＝トネール
わが従者　あじさい
ドレフュス　バレエ・リュス
貴族への呼びかけ（歴史、ステンドグラス）
愚かさ　召使
幼年期からの病気　呼吸困難　冷え　ハンカチ
四輪馬車と花　壁のコルクー　毛皮のコートーリッツ
母の死　ラスキン　生きたまま埋葬される
（何年も後でーファルグ）

レールモントフの引用
物語
と私の印象
モラン　コクトー－サンドラール
われらがフォルミスト、スカマンデル
初めは
大河小説
幼年期－恐怖。　匂い。　母親の

キス。
老いた伯母（ワイン）と祖母（雨の後）窓から見た伯母
フランソワーズ　最初の本。　三包。メゼグリーズの方へ　x
プラムの木？　ゲルマントの方へ。アース　スワン（カースト）ジョッキークラブ。
若さ　ちぇっ、ちぇっ。

戦争によって壊された構造物　戦争　病気　速さ
音楽　ヴァントゥイユ　テーブル
シャルル・スワン　オデット　恋。ヴェルデュラン
ヴァントゥイユのソナタ　その作者　ドビュッシー，サン＝サーンス　悪い音楽
ヴァグナーと車　フェルメール。ヴェルデュラン。愛人たち－裏切りと嫉妬の拷問
愛人がすること　画家
明晰な裏返し　判断について　ヴェルデュラン　ブーローニュの森で
ボイの翻訳　英語訳　ドイツ語訳
クルティウス－フレーズの文体
16世紀
ジッド、リヴィエールの刊行物　一巻（大河）改行なしとボイの理論　読めるか読めないか。
章立てに反して，標題に反して　とどまらぬ流れの河　くず箱のなか　縫い合わせ

絵画　ボッティチェリ　フェルメール　印象。海　日本趣味
木版画　絵画について　ボッティチェリ
フェルメール　印象派　おそらく日本の
海　建築
社会の　高級ホテル トロカデロ
自然　田舎　ヴィオレ・ル・デュック
街の音　ゴシックとペルシア
車から見た風景。動く羊の群れのような村々
リボンのような通り

Grzazowiec

1941 VIII

tu daty

12.VI do 17.VIII 41 r

ТЕТРАДЬ

по ______________ учени ______

______ класса ______________ школы

______________ ______________

______________ J. Stawacki

J. Czapski
Bielańska 14
Warszawa

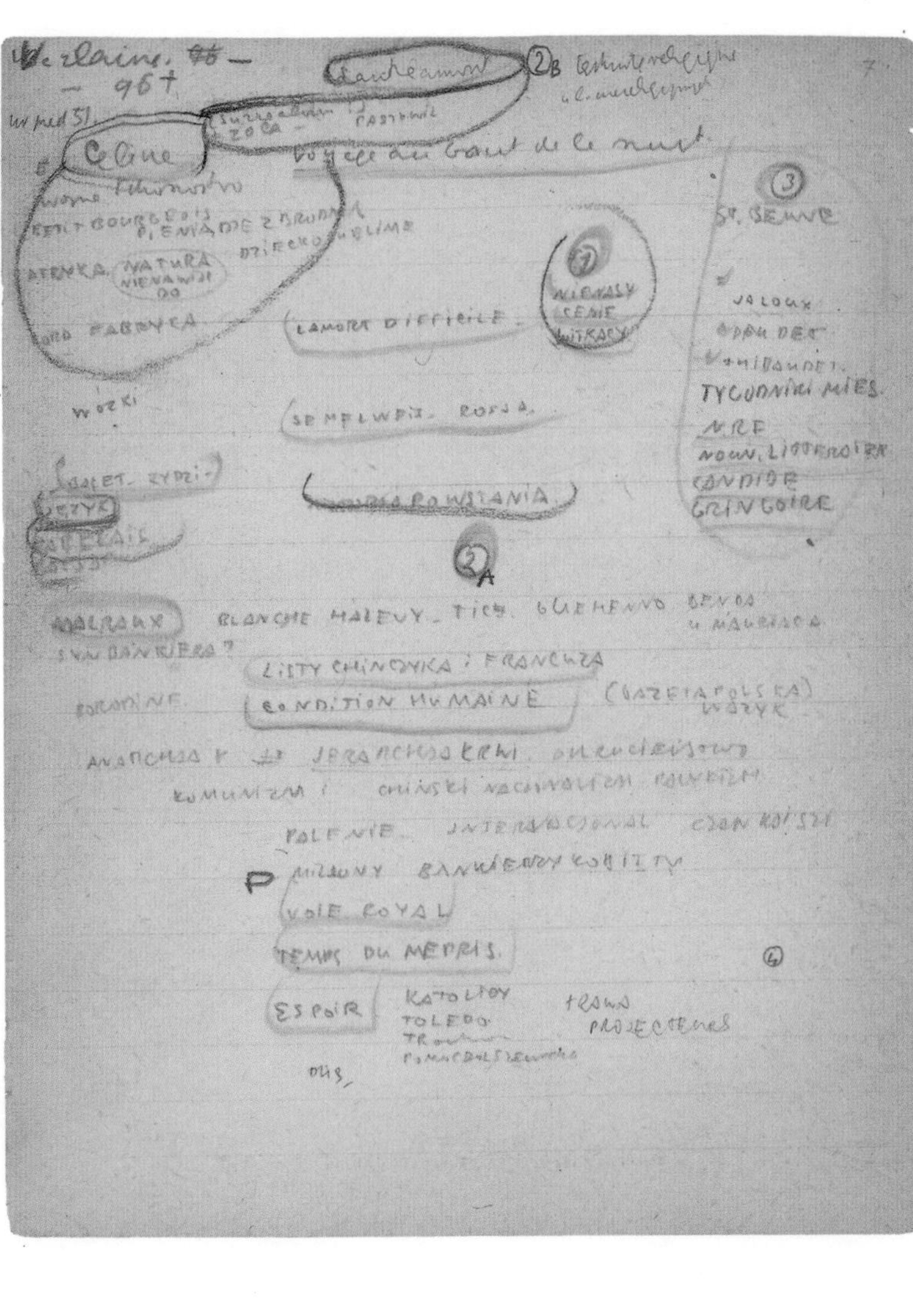

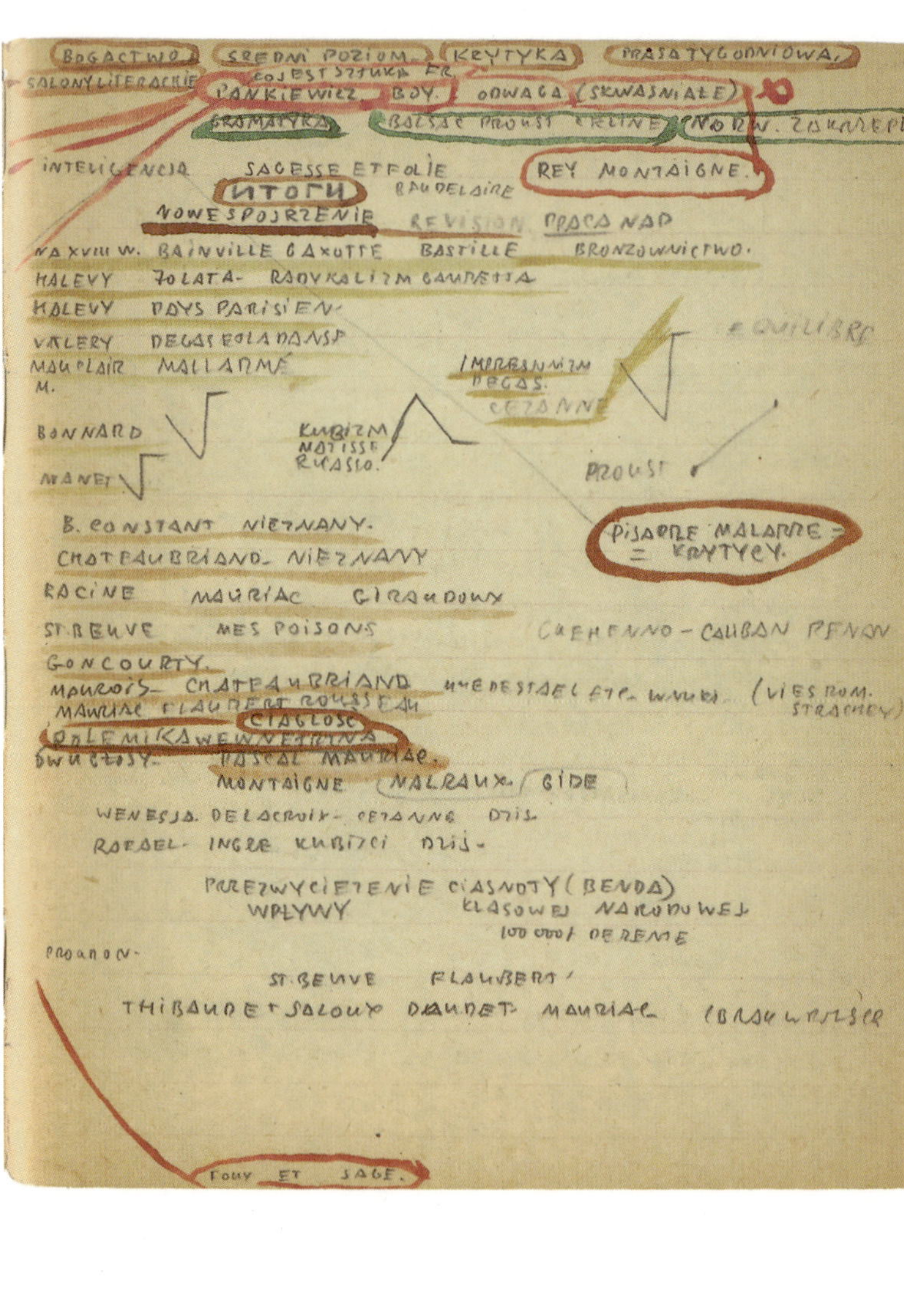

BOGACTWO
ŚREDNI POZIOM
KRYTYKA
PRASA TYGODNIOWA,
SALONY LITERACKIE
CO JEST SZTUKA FR
PANKIEWICZ
BOY
ODWAGA
(SKWAŚNIAŁE)
GRAMATYKA
BALZAC PROUST RACINE
NORW. ZAKRZEPŁ
INTELIGENCJA
SAGESSE ET FOLIE
REY MONTAIGNE.
ИТОГИ
BAUDELAIRE
NOWE SPOJRZENIE
REVISION. PRACA NAD
NA XVIII W. BAINVILLE GAXOTTE BASTILLE BRONZOWNICTWO.
HALEVY 70 LAT A- RADYKALIZM GAMBETTA
HALEVY PAYS PARISIEN
VALERY DEGAS ECOLA DANSE
MAUCLAIR MALLARMÉ
M.
IMPRESJONIZM
DEGAS
CEZANNE
EQUILIBRE
BONNARD
KUBIZM
MATISSE
PICASSO.
MANET
PROUST
B. CONSTANT NIEZNANY.
CHATEAUBRIAND NIEZNANY
PISARZE MALARZE = KRYTYCY.
RACINE MAURIAC GIRAUDOUX
ST. BEUVE MES POISONS
GUEHENNO – CAUBAN RENAN
GONCOURTY.
MAUROIS – CHATEAUBRIAND MME DE STAEL ETC. WNUKI (VIES ROM. STRACHEY)
MAURIAC FLAUBERT ROUSSEAU
CIĄGŁOŚĆ
POLEMIKA WEWNĘTRZNA
DWUGŁOSY – PASCAL MAURIAC.
MONTAIGNE MALRAUX GIDE
WENECJA. DELACROIX – CEZANNE DZIŚ
RAFAEL INGRE KUBIŚCI DZIŚ.
PRZEZWYCIĘŻENIE CIASNOTY (BENDA)
WPŁYWY KLASOWEJ NARODOWEJ
100 000 / DE REME
PROUDHON
ST. BEUVE FLAUBERT
THIBAUDET SALONY DAUDET MAURIAC (BRAUWEISER
FOLIE ET SAGE.

MIESZCZAŃSTWO P.
SKLEIN — CLERM. TONNERRE
[illegible]

PEŁNIA
OD MAROT DO CHATEAUB.
VOLTAIRE MAINE DE BIRAN

ANKIETA
WPŁYWY

WPŁYWY
RACJONALIZM
UMIAR
TRADYCJA.

PIERWSZY CO PO POLSKU
KOŁO 1500 — BIERNAT Z LUBLINA
KSIĄDZ REF. IN CAPITE ET MEMBRIS
NA JEGO KSIĄŻCE. (PAMFLET ANTYSEMICKI W WENECJI)
W KALWARII ZEBRZYDOWSKIEJ
UCZEŃ KALLIMACH HUMANISTA WŁOSKI WYPĘDZONY
ZA SPISEK → PA[illegible] PIERWSZY NAUCZYCIEL SYNÓW K. JAGIELLOŃCZYKA

DROBNE [illegible]

GIRAUDOUX
GIDE
COCTEAU

RENESANS ANTYKU

O KOŃSKICH LEKARSTWACH
I SPRAWY KOŚCIELNE
[illegible] LUTRA

TESTES VERITATIS.

KAPELANEM BYŁ NA DWORZE PILECKICH
1 JADWIGA.
2 ANNA CYLEJSKA (JADWIGA)
3 PILECKA Z RANY WDOWA CIOŁEK STARA MACIOKA
4 SONKA HOLSZAŃSKA KAZIM. I WARNEŃCZYKA

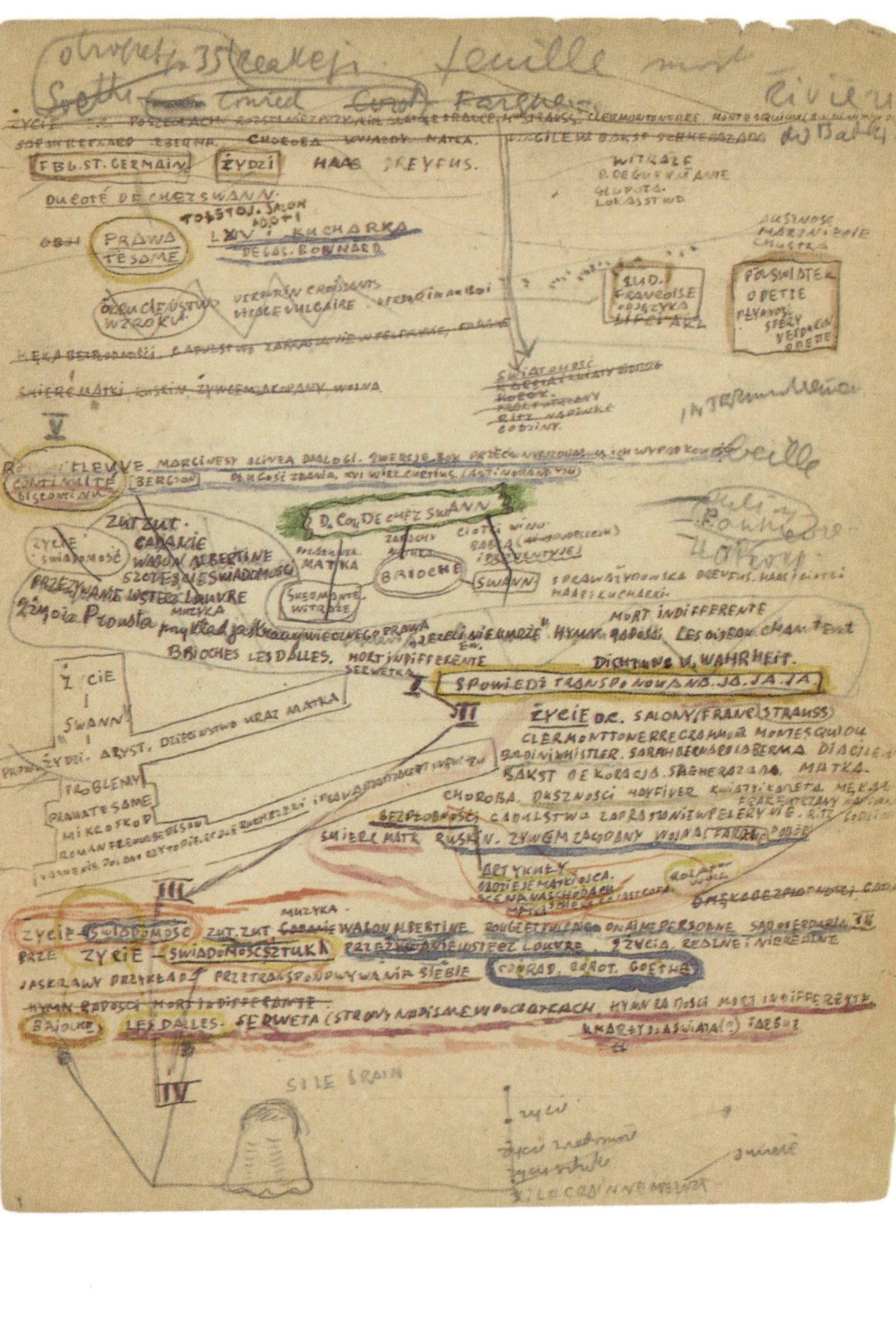
FBG. ST. GERMAIN
ŻYDZI
HAAS
DREYFUS
KUCHARKA
MATKA
BRIOCHE
SWANN
DICHTUNG U. WAHRHEIT
LES DALLES
CONTINUITÉ
BERGSON
MORT INDIFFERENTE
CLERMONT TONNERRE
STRAUSS
IV

伝記について　35の反応　　　枯葉
ゲーテ　コンラッド　コロー　ファルグ　　リヴィエール
人生　学校の後の続き　友人たちとの別離　アナトール・フランス
　ストロース夫人
クレルモン＝トネール　モンテスキュー　[xxx]ドガ　サラ・ベルナール
ラ・ベルマ　病気　旅行　母親　　ディアギレフ　バクスト
シェヘラザード　祖母へ
　　　フォーブル・サン・ジェルマン　ユダヤ人
　　　アース　ドレフュス
　　　スワン家の方へ
　　　　トルストイ、サロン
　　　　同じ　　　白痴
　　　　法則　　ルイ14世と料理人
　　　　　　　　ドガ、ボナール
　　　視界の残酷さ　　ヴェルデュラン　クロワッサン
　　　　　　　　下品な顔　森のヴェルデュラン
　　　~~不毛さの拷問　おしゃべり　招待　巡礼者として　ファルグ~~
　　　~~母の死。ラスキン。生きたまま埋葬される　戦争~~

ステンドグラス
ゲルマント大公
愚かさ
召使い　呼吸困難
凍える
ハンカチ 人々
高級娼婦
フランソワーズ　オデット
言語について　流動性
エレベーターボーイ
生活圏について
ヴェルデュラン
オデット

社交界　~~四輪馬車と花　ビベスコ　コルク　毛皮のコート~~
間歇　~~リッツ　チップ~~　時刻

V
大河小説　余白　改行　会話　2つのヴァージョン　ボイ　章分けに反対　その結果
連続性　（ベルクソン）フレーズの長さ　16世紀　クルティウス（[xxx]）　みつばち　不連続
ちぇっ、ちぇっ　　　　　スワン家の方へ
人生　おしゃべり　　　　キス　　匂い　　　田舎のユダヤ人　少年期　貴族
意識　客車　アルベルチーヌ　母親　自然　　　トラウマ　母親　諸問題　同じ法則
意識の幸福　　　ブリオッシュ　　　　顕微鏡大河小説。ベルクソン
回顧的経験　ルーヴル　ゲルマント　　　もし底に溺死者がいても
プルーストの2つの生　永遠の法則の明らかな例　　　大して問題ではない
　ブリオッシュ　舗石　死への無関心　　　しかし　大河の動きと
　　　　　　　　ナプキン　　　[xxx]を支配する法則
人生
と
スワン
と
　　　伯母たち　ワイン　アレヴィ　祖母（雨の後）　パンキェヴィチとその贈り物　アレヴィ
　　　　　　　　スワン　ユダヤ人問題　ドレフュス。アースと伯母たち
　　　アースと料理人たち　死への無関心「もし死なないのであれば」　歓喜への讃歌
　　　　　　　　鳥が歌う

詩と真実
I置き換えられた告白 … わたし … わたし … わたし
II人生　続き　フランスのサロン　ストロース
クレルモン＝トネール　グラモン　モンテスキュー　バルディーニ　ホイッスラー。サラ・ベルナール　ラ・ベルマ　ディアギレフ　バクスト　装飾　シェヘラザード　母親。
病気。呼吸困難　花粉過敏症　花と四輪馬車
　　　毛皮のコート　チップ　　　~~不毛さの責め苦~~　　~~おしゃべり~~
不毛さについて　おしゃべり　巡礼者としての招待　リッツ　時刻　母親の死　ラスキン。　生きたまま埋葬される　戦争　ファルグ　徴兵
　　記事
　　母親と父親の希望
　　階段の場面　　ロザノフ
　　母親の死　カタストロフ　ヴェイユ
　III　　　音楽
人生　意識　ちぇっ、ちぇっ　~~おしゃべり~~　客車　アルベルチーヌ　赤くて下品な　誰も愛していない　ヴェルデュランについての意見
人生について　意識　芸術　回顧的経験　ルーヴル　現実と非現実の2つの生
個人的経験置き換えの明らかな例　　　コンラッド、コロー、ゲーテ
~~歓喜の讃歌　死への無関心~~
ブリオッシュ　舗石　ナプキン（冒頭に書かれたページ）　歓喜への讃歌　死への無関心
世界のために死ぬ（？）　ファルグ
　　IV　　　　　もし一粒の麦
　　　　　　　　人生
　　　　　　　　永遠の生
　　　　　　　　芸術の生命　　　死
　　　　　　　　一粒の麦もし死なずば

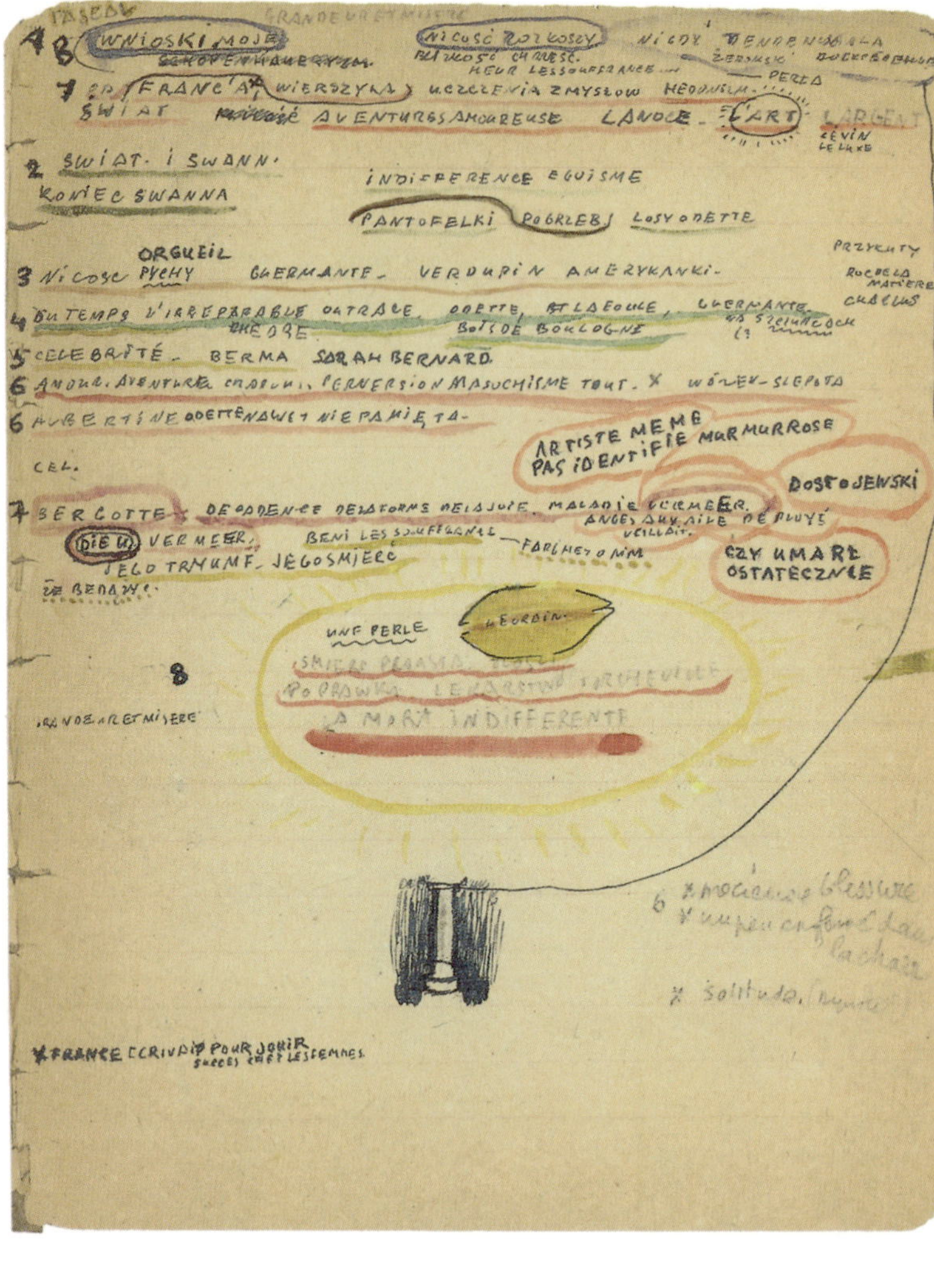

WNIOSKI MOJE
NICOŚĆ ROZKOSZY
ŚWIAT
AVENTURES AMOUREUSE
L'ART
L'ARGENT
ŚWIAT. I SWANN.
KONIEC SWANNA
INDIFFERENCE EGOISME
PANTOFELKI POGRZEB LOSY ODETTE
ORGUEIL
NICOŚĆ PYCHY GUERMANTE VERDURIN AMERYKANKI
CELEBRITÉ BERMA SARAH BERNARD
AMOUR. AVENTURE. PERVERSION MASOCHISME TOUT. WÓZEK-ŚLEPOTA
CEL.
BERGOTTE
MALADIE VERMEER
DIEU VERMEER
JEGO TRYUMF. JEGO ŚMIERĆ
ARTISTE MÊME PAS IDENTIFIÉ
DOSTOJEWSKI
CZY UMARŁ OSTATECZNIE
UNE PERLE
LA MORT INDIFFÉRENTE

パスカル　　偉大と悲惨さ
A　　わたしの結論　快楽の無　ジェロムスキ流の傾向は一切なし
B　~~ショーペンハウアー主義~~　キリスト教との近似性　　復活
　　　　　　時刻　苦痛……　　　真珠
1. フランスの X 詩の　　感覚の祝福について。ヘドニズム。
社交界　　愛　　恋の冒険　　婚礼　　芸術　　金
　　　　　　　　　　　　　　　　　　ワイン
　　　　　　　　　　　　　　　　　贅沢
2. 社交界とスワン　　　　　　　無関心　エゴイズム
スワンの最期　　　　　　　　スリッパ　　葬式　運命　オデット
　　虚栄心　　　　　　　　　　　　　　釘付けにされて
　　　　　　　　　　　　　　　　　　物質の岩
　　　　　　　　　　　　　　　　　　シャルリュス
3　虚栄心のむなしさ　ゲルマントー　ヴェルデュラン　アメリカ人女性たち
4　時の取り返すすべもない衰えを　　オデット　群衆　　ゲルマント
　　　フェードル　ブーローニュの森　　？　　竹馬について
5　名声　　ベルマ　　サラ・ベルナール
6　愛。冒険　シャルリュス　倒錯、マゾヒズム、すべて X　車椅子ー失明
6　アルベルチーヌ　オデット　思い出しさえもしない
　　　　　　誰かわからない芸術家そのもの
　　　　　　壁　バラ色の壁　　　　　　　ドストエフスキー
7　ベルゴット　　デカダンス　形式の　歓喜の　病気　フェルメール
　　神　　　フェルメール　　祝福された　苦しみ　　翼を広げた天使が
　　その勝利、その死　この主題についてのファルグ　　見張っていた
彼らが生きようとしていた　　　　これは決定的な死だろうか
　　　　　　真珠　　　日常
8　　　プルーストの死　怒っていた
偉大と悲惨　　　　小さな改良　救い　フォルシュヴィル
　　　　　　死への無関心
　　　　　　　　　　　　6　X　貴重な傷
　　　　　　　　　　　　　　X　少し肉に食い込んだ
　　　　　　　　　　　　　　X　孤独。（ベルゴット）
X フランスは喜びのために書いていた
　女性たちにおける成功

[illegible] OJCOWYCH SFORMUŁOWANIAMI,

MICHAŁOWSKI TEŻ VELASQUEZ, TEŻ GERICAULT I DELACROIX
1800–1855

DECAMPS
DELAROCHE, SCHEFFER

CZUCIE I WIARA SILNIEJ MÓWIĄ DO MNIE
NIŻ MĘDRCA SZKIEŁKO I OKO

WSTĘP
I

RACJONALIZM – XVIII
MĘDRCA SZKIEŁKO

UCZUCIE NAMIĘTNOŚĆ
INSTYNKT. ŻYWIOŁ

STUDENT REWOLUCJA ROUSSEAU ⟷ DAVID) GOTYK

BYRON

WERTHER NAPOL. W EGIPCIE
CHATEAUBRIAND ATALA GENIE DU CHRISTIANISME
MAINE DE BIRAN – SPIRYTUALIZM.
Mme DE STAËL DE L'ALLEMAGNE
i pomimo NIEMCY (SCHLEGEL) — SZEKSPIR [illegible] WOLTERA
B. CONSTANT. O RELIGIACH. (ANTYBA)
LUDOWOŚĆ.
PIEŚNI OSSIANA
PEJZAŻ ANGIELSKI

SYMETRIA KLASYCZNA JEDNOŚĆ MIEJSCA CZASU I AKCJI ←
[illegible] MIESZANINA ELEMENTÓW KLASYCZNYCH (DAVID) Z
ROMANTYCZNEMI.
ALE TO ZNOWU PSEUDO: LINIA GREUZE.
GIRODET. ATALA PO GROBIE.
ZAWSZE NAWET DAVID
NAWET KUBIZM.

ANTEUSZ

U NAS. KOŹMIAN MICKIEWICZ O ROMANTYCZNOŚCI MOCHNACKI
ZIEMIAŃSTWO SONETY
O NATURZE PRZESTRZENI

FIGA UCUKROWANA

DROGA OD WOLTERA DO DZIADÓW – DO PASCALA.
KTO CI EBIE NIE CZUŁ
ŚNIADECKI I LUDKA – OD WOLTERA DO BYRONA

CHAOS NIEHISTORYCZNOŚĆ ZARZUTU ANTEUSZ ŹRÓDŁA I SENS
„CHAOS". STOSUNEK DO TEGO „CHAOSU" CHOPINA I DELACROIX.

OD ŁADU DO NOWEGO ŁADU – PO DRODZE MUSI BYĆ CHAOS MŁODOŚCI
NIGDY U WIELKICH CHAOS DLA CHAOSU ALE LEPSZY CHAOS NIŻ
CUDZY ŁAD [illegible] BEZ ODPOWIEDNIKA W RZECZYWISTOŚCI PRZETWÓRCE
PRZEŻYWANEJ

DELACROIX GERICAULT INGRES

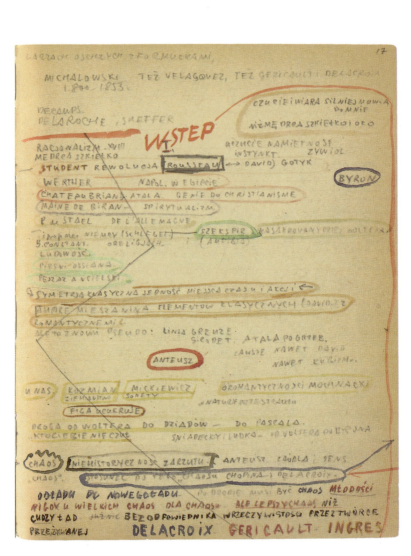

に近づいている人間にどのような考えが生まれるかを知りたければ、ベルゴットという脇役がそのヒントを与えてくれます。ベルゴットは『失われた時』に登場する作家で、フランス語の達人であり、若き主人公にとっては、美の体現者でした。プルーストはこの人物を作り出すために、アナトール・フランスを観察、研究しました。よく似ています。そこに、晩年のプルースト自身の個人的な経験も加えてあります。

わたしたちは、すでに『スワン家の方へ』で、ベルゴットを見かけます。若き主人公は彼の文学を発見し、自分のお手本にし、知り合いになることを夢見ます。そして、確か『ゲルマントの方』〔正しくは『花咲く乙女たちのかげに』〕で、すでにスワン夫人となっていたオデットのサロンで、初めてベルゴットと会うのです。そこではスワンの古くからの友人として出会うのですが、ベルゴットは彼に対してひどく丁寧な言葉遣いをし、訪問先を退出する際に、彼を馬車へ誘います。実際に作家と知り合った主人公は、最初は失望しますが、これはよくあることですね。現実の人間は、彼がずっと知り合いになりたいと願っていた作家とは、ほとんど何の関係もありません。驚いたことに、ベルゴットはスワンの親しい友人なのに、馬車のなかで初対面の主人公に向かって、スワンの悪口を言い始めます。その言い方は繊細で、平然として、あっさりしたものでした。[72] ベルゴットのおかげで、プルーストは他の芸術家における弱さや、大小の卑怯さや、あまりにも多い嘘のすべてについて、いつもの明晰で正しい精神で研究できたのです。

続巻では、ベルゴットは歳をとり、名声の絶頂にある一方で、創造力は枯渇しかけています。いまでは、彼はだんだん本を書けなくなり、書くものの質も低下してしまいました。それもいままでよりもはるかに多くの努力を払って書いたのですが、喜びの感情も内的必然性もすっかり弱まってしまい、「これらの本を書いたことで、わたしはお国の役に立ったと思う」と好んで繰り返すようになります。[73] 彼が傑作を物していた頃には、そんなことは絶対に言わなかったのに。これらの描写や心理的分析を通じて、プルースト彼自身ではなく、この人物のモデルとなったアナトール・フランス（そしてたぶんバレスも）の姿が見えてきます。

しかし、『アルベルチーヌ』や『消え去ったアルベルチーヌ』では、ベルゴットの病気と死に関わる場面を通じて、プルースト自身の精神と身体の状態を間近に見ることになります。これらはプルーストが亡くなる前に最後に手を入れた部分であり、校正刷りに膨大な加筆訂正を行なったことが知られています。彼は何十ページにも渉って、いや、ときには何百ページにも渉って推敲しました。これはバルザックを文字通り破滅させた悪癖です。プルーストは病人が医者にかける希望と失望を詳細に語っています。死の床にいるベルゴットが、不眠のため憔悴し、睡眠薬などで薬漬けになっている様子を、プルーストは描きます。ベルゴットの末期症状の描写には、プルーストが自らの死の数日前に挿入したものが混じっています。スワンも好きだったオランダの偉大な画家フェルメールの展覧会の最中に、ベルゴットは死に連れ去られるのです。偶然知ったことですが、プルーストも死の数年前に、友人の作家ジャン・ルイ・ヴォドワに連れられてオランダ絵画の展覧会を見に行き、心臓発作に見舞われたそうです。[74]『アルベルチーヌ』〔『囚われの女』のこと〕のなかで、ベルゴットは、死ぬ前にもう一度フェルメールを見たいと思い立ち、美術館へ行くのは健康に差し障りがあることをわかっていながら出かけることにします。会場に入るや否や、画面から感じられる中国的な正確さと繊細さと優しい音楽のために、彼はすっかり神秘的な魅力の虜になります。海辺に立ち並ぶ家を描いた風景画の前で、その素晴らしさにうっとりしながら、彼は立ち止まります。黄色い砂の上の青い人影、そして、太陽の光を浴びた小さな黄色い壁面。ここでプルーストは作家としての意識をあらためて検証します。「小さな黄色い壁面、小さな黄色い壁面、とベルゴットは小声で繰り返した。私はこんな風に本を書くべきだったのだ、この壁面のように、同じフレーズに何度も立ち戻り、書き直し、膨らみをもたせ、何層にも重ねて。私の本はあまりに乾いていて、少しも練られていなかった[75]」。ここで、ベルゴット＝プルーストは、ふとあるフレーズを漏らすのですが、それは彼がアナトール・フランスの弟子だということを考えると、驚くべきものです。「ほとんど誰だかわからない画家が、ほとんど目に見えないような細部に、これほど熱心に取り組んだというのは、一体どういうことなのだろうか。おそらく誰も気づかず、理解できず、奥底までは見ないであろう目標に向けて、これほど絶え間ない努力を捧げることに、何の意味があるのだろうか。それはまるで、私たちが、調和と真実の別世界で作られた法則のもとで、正義と絶対的真実と完璧な努力を追求して、生きているかのようだった。その世界の反映が、私たちまで届き、私たちを地上で導いているのだ」[76]。注意深くない読者は、このフレーズをきっと大した意味のないものとして見過ごしてしまうでしょう。そのような読者は、プルーストがひとつひとつのフレーズを、どれほどの責任をもって書いているか、その意味がわからないでしょう。しかし、これらのページが作者の死の直前に書かれたことや、アナトール・フランスの『天使の叛逆』に学んだこの作家が生み出した数千ページのなかでも、銘木というべきフレーズであることを、わたしたちは知っています。

　ここで突然ですが、連想のせいで、別の偉大な作家のことを思い出しました。その作品群の最初から最後まで、神と不死というたったひとつの問題に取り憑かれた作家です。「人生の多くの事柄が、私たちの目には隠されている」と、『カラマーゾフの兄弟』のゾシマ長老の口を借りて、ドストエフスキーは言っています。「しかし、その代わりに、私たちには別の世界との生きた関係をもっているという内的な感覚が与えられている。それはより高い次元の世界であり、私たちの思考や感情の根っこは、ここではなく、別の世界に下ろされているのだ[77]」。

ドストエフスキーはさらに付け加えて、この内的な繋がりの感覚のおかげで、すべてがわたしたちのなかに生きているのであり、この感情が消えてしまうと、わたしたちは人生に対して無関心になり、人生を憎みさえするようになってしまう、と述べています。ベルゴットが芸術とは何かを理解しかけたとき、そして過去の作品の長所と短所を、デルフトの画家が描いた小さな黄色い壁面の光のもとで見直そうとしたとき、彼は心臓発作が起きそうな気配を感じました。近くのベンチに座ろうとしながら、大丈夫だ、大したことない、きっと消化不良の続きだろう、と自らに言い聞かせます。彼はじゃがいもを少し食べ過ぎていたのです。しかし、それは数秒間しか続きませんでした。ベルゴットは長椅子までたどり着くことなく、死の雷に触れ、床に倒れこみます。そこでプルーストはこう付け加えるのです。「ベルゴットは死んだ、だが本当に死んだのだろうか」。そして、ドストエフスキーを思わせる先ほどのフレーズを続けるのです。ベルゴットが完全に消え去り、崩れ落ちることはあり得ないと言い、プルーストは詩ごころあふれる見事なフレーズで締めくくるのですが、正確に引用してみせられないのが残念です。「一晩中、パリのすべての本屋のショーウィンドウでは、ベルゴットの本が三冊ずつ開いた状態で積み重ねられて、まるで翼を広げた天使のように、作家の亡骸を見守っていた(78)」。

長い病気の末のベルゴットの死は、わたしの記憶のなかではプルースト自身の死と結びついています。わたしの覚えているある細部をお伝えして、この思い出話を終わりにしたいと思います。晩年のプルーストは、どんどん病状が悪化していました。友人たちは、状況の深刻さを認識できませんでした。というのも、ごく稀に会う機会を得た際には、プルーストは輝かしく、活気にあふれ、魂の熱を感じさせたからです。作品は次々に発表され、読者を魅了しました。レオン・ポール・ファルグが伝えるところによると、晩年のプルーストは、土気色の顔色で、黒い髪もほとんど青と言えるほどに色褪せた状態で、スモーキングを着て、ミシア・ゴデプスカ・セールの邸宅で催されたパーティーにやって来て、ボナールの手による紫地に銀を散りばめた絵の前に立っていたそうです。ファルグは、このとき見たプルーストは、戦前の神経質な社交家だった青年とはすっかり別人だった、と指摘しています[79]。彼のほほえみにも、態度にも、不思議に成熟したものが感じられました。対象と距離をとり、こだわりなく、確信をもった姿に見えたのです。

モーリヤックが日記で触れている手紙が書かれたのも、この晩年のことでした。「お会いしたいです。数週間ものあいだ、私の姿が目に見えなかったのは、身体に巻きつけた包帯をほとんどほどくことなく、死んでいたからです[80]」。そして、プルーストは「死んでいた」という言葉に下線を引きました。プルーストはずっと病人でしたから、これは文学的な誇張にすぎず、真実ではない、と考えるのはたやすいでしょう。しかし、医者たちの診断では、彼の健康状態は「仕事場の劣悪な衛生環境」のせいで日に日に悪化していたにもかかわらず、いかなる治療も信じず、一切の療法を拒否しました。医者をしている弟が治療を強制すると、憤然としました。自分の健康状態を見れば、作品が要求する膨大で熱に浮かされたような仕事が死期を早めることを、理解していないはずはありませんでした。それでも、仕事に賭けた彼は、もうそんなことに気を遣うことなく、死も本当にどうでもよくなっていました。

死は、彼にふさわしく、仕事の最中に訪れました。朝になって、ベッドで亡くなっているのが発見されたのです。ナイトテーブルには薬瓶が転がり、小さな紙切れを汚していました。その紙には、最後の晩に、彼が繊細な筆跡で書いた、『失われた時』(81)の脇役とさえ言えない人物の名前、「フォルシュヴィル」という文字が見えました。

後注

＊『失われた時を求めて』からの引用は、鈴木道彦訳（集英社文庫、全十三巻）に拠り、各巻の題名とページ数を付記した。

（1）　スタロビエルスク収容所でもこの種の講義は行なわれたが、すぐに禁止され、講師を務めた者は別の収容所へ移送された。以後、講義は極秘に実施された。また、捕虜となったポーランド軍将校のうち、司令官クラスは明かりの点く部屋をあてがわれ、チャプスキはわずかに入手できた本を読むために、夜ごとその部屋に通った。「スタロビエルスクの夜の常連のうち、その後の生存が確認されたのは、わたしだけである」（*Souvenirs de Stalobielsk*, p.72.）。

（2）　ファレール（Claude Farrère, 1876-1957）とロティ（Pierre Loti, 1850-1923）は、ともに海軍士官だった作家。ファレールは『文明人』（一九〇五）でゴンクール賞を受賞。

ロティは日本を舞台にした『お菊さん』(一八八七)で有名。ロマン・ロラン(Romain Rolland, 1866-1944)はフランスの作家。代表作に『ジャン・クリストフ』(一九〇四―一九一二)がある。一九一四年から一九三八年までスイスに居住した。

(3) コクトー(Jean Cocteau, 1889-1963)はフランスの詩人・小説家・画家・映画監督。代表作に小説『恐るべき子供たち』(一九二九)、映画『美女と野獣』(一九四六)などがある。サンドラール(Blaise Cendrars, 1887-1961)はスイス出身のフランスの詩人・小説家。代表作に『ニューヨークの復活祭』(一九一九)などがある。モラン(Paul Morand, 1888-1976)はフランスの小説家・外交官。短編集『テンダー・ストック』(一九二一)にはプルーストが序文を寄せている。

(4) レオン・ブロワ(Léon Bloy, 1846-1917)はフランスの小説家。代表作に『絶望者』(一八八七)、『哀れな女』(一八九七)がある。シャルル・ペギー(Charles Péguy, 1873-1914)はフランスの詩人。代表作に詩劇『ジャンヌ・ダルク』(一九一〇)がある。ペギー全集は、一九一六年からNRFより全二十巻で刊行された。

(5) プルーストは一九〇八年に『サント=ブーヴに反駁する』を書き始め、これがのちに『失われた時を求めて』となる。一八九五年から書き始めた未完の長篇『ジャン・サントゥイユ』も、『失われた時』の原型のひとつであるが、この作品は一九五四年に刊行されるまで、一般には知られていなかった。プルーストは一九二二年十一月十八日に亡くなっているため、「一九二三年まで」はチャプスキの記憶違い。

（6）『フィガロ』紙一八八七年八月十八日に載った「五人宣言」のことか。ポール・ボヌタン（Paul Bonnetain）、J・H・ロニー（J.-H. Rosny）、リュシアン・デカーヴ（Lucien Descaves）、ポール・マルグリット（Paul Margueritte）、ギュスターヴ・ギッシュ（Gustave Guiches）の五人（正確には、J・H・ロニーは兄弟によるペンネームなので六人）による共同声明。ロニー兄は、一九一九年のゴンクール賞選考の際に、審査委員としてプルーストの『花咲く乙女たちのかげに』に投票した。

（7）一八八二年から一八八九年にかけて、プルーストはパリのリセ・コンドルセ（中高一貫校）に在籍した。入学時の名前はリセ・フォンターヌ、一八八三年にリセ・コンドルセに改称。同級生の母親のサロンに出入りしたのが、彼の社交界デビューだった。詩人のマラルメ（Stéphane Mallarmé, 1842-1898）がコンドルセ高校の英語教師だったのは一八七一年から一八八四年までだが、プルーストはドイツ語を選択したため、マラルメの授業は受講していない。

（8）『シェヘラザード』（一八八八年初演）の作曲者は、ムソルグスキーではなく、リムスキー・コルサコフ（Николай Римский-Корсаков, 1844-1908）。レオン・バクスト（Лев Самойлович Бакст, 1866-1924）は、ロシアの画家・装飾家。プルーストは一九一〇年六月にオペラ座で同作品を鑑賞した。一九一一年五月四日付のレイナルド・アーン宛書簡では、『シェヘラザード』におけるバクストの装飾を絶賛している。メーテルランク（Maurice Maeterlinck, 1862-1949）は、寓話的な『青い鳥』（一九〇八）で有名なベルギーの作家。戯曲『ペレアスとメリザンド』（一八九二）は、のちにドビュッシーによってオペラ化された（一九〇二年初演）。

（9）ジュール・ユレのインタビューに対して、ゾラは象徴主義者たちの性急さを批判しつつも、「もしわたしに時間があれば、彼らが望むようなものを書くつもりだ」と述べている。Jules Huret (éd.), *Enquête sur l'évolution littéraire*, Bibliothèque-Charpentier, 1891, p. 175.

（10）ポール・ヴァレリー『ドガ・ダンス・デッサン』、清水徹訳、筑摩書房、二〇〇六年、を参照。『失われた時を求めて』におけるドガについては、訳注（53）を参照。

（11）ロベール・ド・モンテスキュー（Robert de Montesquieu, 1855-1921）は、フランスの公爵・詩人。社交界の「ダンディー」として名声を博し、マラルメ、ドビュッシー、バクストなど、多くの芸術家を庇護したことでも知られる。

（12）*La Nouvelle Revue Française*, « Hommage à Marcel Proust », n° 112, janvier 1923. ジッド、ルノルマン（Lenormand なる著者については不詳）のテクストは収録されていない。のちに単行本化される（*Les Cahiers Marcel Proust*, n°1, « Hommage à Marcel Proust », Gallimard, 1927）。ただし、単行本にはレオン・ポール・ファルグのテクストは収録されていない。

（13）鈴木道彦によると、フォーブル・サン＝ジェルマンは、「もともとはパリのセーヌ川左岸にあり、サン＝ジェルマン教会から西に広がる一帯を指す。貴族の広壮な邸が立ち並び、現在もなおあちこちにその面影をとどめている。しかしこの名前はまた十九世紀以降、上流貴族階級の代名詞にも使われており、プルーストは主としてその意味でこの語を用いている。なお、『失われた時を求めて』に出てくるフォーブル・サン＝ジェルマンの邸の描写は、むしろ右岸にある貴族の館を連想させる場合が多い」。『スワン家の方へⅠ』、訳注、三九七頁。

(14) 「規則正しい間隔に並んだリンゴの木が、ほかのどんな果樹とも混同されることのないその葉の独特な装飾に囲まれて、白い繻子(サテン)の広い花弁を開き、あるいはほんのりと頬を染めた蕾のおずおずとした花束を吊るしていた」。『スワン家の方へⅠ』、三一二―三一三頁。「その美が涙が出るほど人を感動させるのは、洗練された技法の効果をどんなに先まで推し進めても、やはりその美は自然のものであることが感じられるからで、そこにあるこれらのリンゴの木はまるでフランスのどこかの街道に群れる農夫のように、田園のまっただなかに存在しているからだった。やがて太陽の光線のあとから、不意に糸を引くような雨がやって来た。それは地平線の至るところに縞模様をつけ、その灰色の網目のなかにリンゴの木の列を包みこんだ。しかしリンゴの木は、落ちてくる驟雨の下でこごえんばかりに冷たくなった風にさらされながら、相変わらずバラ色に花をつけたその美しい姿を高くかかげていた」。『ソドムとゴモラⅠ』、三九一―三九二頁。

(15) 「マルセル・プルーストは田舎や海が好きだったが、自然の発散するものについては、その強烈な力に耐えられなかった。気分が悪くなるからだ。ある日（それからずっと後のこと）、ノルマンディー地方を巡遊するために、窓を閉めた車でパリを離れる決意をしなければならなくなった。というのも、花ざかりのリンゴの木を見ないではいられなくなったからだが、彼は木々をガラス越しにしか見られないことを仕方なく受け入れた」。Robert Dreyfus, « Marcel Proust aux Champs-Elysées », *Les Cahiers Marcel Proust, op. cit.*, p. 23.

（16）ルイ・ド・ロベール宛書簡で、寝たまま作品を書くことの苦しさを述べている。フィリップ・ミシェル＝チリエ『プルースト博物館』、保苅瑞穂監修、湯沢英彦、中野知律、横山裕人訳、筑摩書房、二〇〇二年、一四二頁。最晩年には口述筆記を行なっていた。

（17）チャプスキの記憶違い。『失われた時を求めて』にそのような人物は登場しない。ジルベルトはスワンとオデットの娘である。

（18）「もう一日たりともジルベルトに会わずには過ごすまいということしか考えていなかった私だが（その気持はあまりに強く、一度など祖母が夕食の時間に帰って来なかったとき、すぐに私は、もし祖母が馬車に轢かれていたら当分シャンゼリゼに行かれなくなってしまう、と考えずにはいられなかったくらいで、このように人は恋を始めるや否や、たちまちだれも愛さなくなるものなのだ）、にもかかわらず彼女のそばにいる時間、前の晩からあれほどいらいらと待ちこがれ、そのために震えていた時間、ほかのいっさいのことは犠牲にしてもよいと思った時間は、いささかも幸福な時間ではなかったからだ」。『スワン家の方へⅡ』、四五四頁。

(19) 一九〇七年十一月十九日付の『フィガロ』紙に掲載された「自動車旅行の印象」のことか。ポプラ並木ではなく、教会の鐘塔が主題となっている。

(20) プルーストはラスキン(John Ruskin, 1819-1900)の『アミアンの聖書』と『胡麻と百合』を翻訳している(それぞれ、一九〇四年、一九〇六年に刊行)。英語を得意としなかったプルーストは、母親や作曲家の友人レーナルド・アーンやその従妹のマリー・ノードリンガーなどの助力を得て、この仕事を成し遂げた。詳しくは、プルースト=ラスキン『胡麻と百合』、吉田城訳、筑摩書房、一九九〇年、を参照。

(21) 「この亜変種についてジュピヤンは、今しがた私に一つの例を提供してくれた。しかしそれはほかの例、その数がごく稀であるにもかかわらず、人間という植物の採集家、精神という植物の研究家ならだれでも観察できるほかのいくつかの例に比べると、さほど衝撃的とも言えないもので、たくましく、腹のでっぷりしている五十男に言い寄られるのを待っていたひとりのきゃしゃな青年、他の若者たちが言い寄ってきても関心をそそられない青年の姿を示すことになる」。『ソドムとゴモラI』、七二頁。

(22) 著者自註。《わたしは記憶で引用しているので、たぶんテクストを捏造しているはずだ。ロザノフは不正確で勝手に改変した引用について批判された際に、ふてくされて答えた。「正しく引用するほど簡単なことはない。ただ、本のなかを探せばいいのだから。だが、引用が自分のものになるほど血肉化され、自分のなかで置き換えられるようになるのは、はるかに難しい」。もしもわたしが引用文を改変しているとしたら、それは手元の本を探すことができないからであり、ロザノフのような天才的な作家と同じ権利も磊落さももたないからである》。ヴァシリイ・ロザノフ（Василий Розанов, 1856-1919）はロシアの作家。革命前夜のロシアのインテリゲンチャに大きな影響を与えた。チャプスキはロザノフの『キリストの暗い顔』のフランス語訳の序文を書いている。ゲーテの引用は出典不詳。

（23）このエピソードの出典は不詳。晩年のプルーストは栄養失調のために寒がりで、真夏でも毛布にくるまり、湯たんぽで温めたパジャマとウールの下着を着て、ベッドに入ったまま執筆していた。一九二一年八月初頭のジャック・ブーランジェ宛の書簡を参照。Marcel Proust, *Correspondance*, t. XX, éd. Philip Kolb, Plon, 1992, p. 413.

（24）このエピソードの出典は不詳。プルーストは複数の医師に徴兵免除になるための診断書を依頼した。ジャン＝イヴ・タディエ『評伝プルースト』下巻、吉川一義訳、筑摩書房、二〇〇一年、二五五頁。

（25）招待したのは、クレルモン・トネール公爵夫人ではなく、スーゾ大公妃。一九二〇年六月十四日にオペラ座でシェイクスピアの『アントニーとクレオパトラ』が上演された際に、プルーストは舞台を見ていないように見えた。後日、同席していたバルダックが非難すると、プルーストは主役俳優の発音の仕方や隣のボックス席の様子を克明に再現してみせたという（Henri Bardac, « Marcel Proust devin », *Les Cahiers Marcel Proust, op.*

cit., p. 92-93)。みつばちの比喩は、同じ論集所収のコクトーのテクストと混同したものか。「寝室は彼にとってみつばちの巣箱だった。彼は蜜と夜の法則に従っていた。十一月十八日、薬を受けつけなくなった身体を彼は栄光のうちに離れた、まるで収穫の日に巣箱を空にするように。理解できなくても、そこにみつばちの犠牲に似たものを認めなければなるまい」。Jean Cocteau, « La Voix de Marcel Proust », *Les Cahiers Marcel Proust*, *op. cit.*, p. 79.

(26) 「そして私は、水の上にも壁面にも青ざめた微笑が浮かび、それが空の微笑に応えているのを見て、いても立ってもいられず、たたんだ傘をふりまわしながら大声で叫んだ、「くそっ、くそっ、くそっ、くそっ」。だが同時に私は自分のなすべきことがこの不透明な語に満足するのではなくて、私の覚えた歓喜をはっきり見定めることなのだと感じた」。『スワン家の方へ I』、三三一頁。

(27) 「彼らは、自分の好きな作品が演奏されると、「ブラヴォー、ブラヴォー」と声がかれるほどにどなって、何かをしたような気になる。だがそのような感情表現も、彼らに自分たちの愛の正体を明らかにさせるものではない。彼らはその愛の正体を知らないのだ」。『見出された時 I』、四一六頁。

(28) 「ちょうど日本人の玩具で、水を満たした瀬戸物の茶碗に小さな紙きれを浸すと、それまで区別のつかなかったその紙が、ちょっと水につけられただけでたちまち伸び広がり、ねじれ、色がつき、それぞれ形が異なって、はっきり花や家や人間だと分かるようになってゆくものがあるが、それと同じに今や家の庭にあるすべての花、スワン氏の庭園の花、ヴィヴォンヌ川の睡蓮、善良な村人たちとそのささやかな住居(すまい)、教会、全コンブレーとその周辺、これらすべてががっしりと形をなし、町も庭も、私の一杯のお茶からとび出してきたのだ」。『スワン家の方へI』、一一四頁。

(29)「今しがた述べた悲観的な考えを反芻しながら、私はゲルマント邸の中庭に入っていったのだが、ぼんやりしていて一台の車が進んでくるのに気づかなかった。運転手が大声を出したとき、私はあわてて脇に身をよける余裕しかなく、さがった拍子に思わず車庫の前でかなりでこぼこのある敷石につまずいた。しかし、身を立て直そうとして、その敷石よりもやや低いもう一つの敷石に片足をのせたとき、私のいっさいの失望は、ある幸福感の前で消え去った。〔……〕それはヴェネツィアだった。この町を描こうとする私のさまざまな努力や、私の記憶が撮影したいわゆるスナップショットが、これまで一度も私に何ひとつ語ってくれなかったヴェネツィア、それを、かつてサン＝マルコ寺院の洗礼堂にある二つの不揃いなタイルの上で覚えた感覚は、その日にこの感覚と一体になっていた他のすべての感覚を伴って、私に返してくれたのだ」。『見出された時I』、三六四—三六七頁。

(30)「ずっと前からゲルマント大公に仕えている一人の給仕頭が私だと気づいて、わざわざビュッフェに行かなくてもいいように、私のいる図書室までプチフールのとりあわせと一杯のオレンジエードを持ってきてくれたので、私は彼のくれたナプキンで口を拭ったのだ。ところがたちまち、まるで『千一夜物語』の人物が知らず知らずにある儀式をやってしまい、彼だけに姿の見える魔神、彼を遠くへ運んでくれようと身構えている従順な魔神を出現させたように、私の目の前を新たな青空の光景が過ぎていった。〔……〕口を拭くために取ったナプキンは、かつて私がバルベックに到着した最初の日に、窓の前であんなに顔を拭くのに苦労したタオルとまさに同じ種類のかたさであり、同じ糊具合だったのだ」。『見出された時 I』、三六八―三六九頁。

(31) アンリ・ベルクソン（Henri Bergson, 1859-1941）はプルーストの母方の従兄にあたる。一九〇〇年から一九一四年まで、コレージュ・ド・フランスの近代哲学の教授を務める（一九二一年に辞職）。「意識の直接与件に関する試論」（邦題『時間と自由』）で、時間や生命の本質は持続にあると主張した。プルーストは青年時代にベルクソンに何度も会いに行き、コレージュ・ド・フランスの講座にも通った。

(32) 一九一三年の『スワンの恋』初校時には、会話部分の改行を省略することで一巻本にしようとした。タディエ『評伝プルースト』下巻、前掲書、二二九頁。当時は全体で一五〇〇頁程度の分量だったが、八年後には三〇〇〇頁を超えることになる。

(33) クルティウス（クルツィウスとも表記、Ernst Robert Curtius, 1886-1956）はドイツの批評家・文献学者。彼は一九二二年に発表したプルースト論で、「彼の作品はフランス言語史の博物館である。その魅力を完全に感得することは、文学的および社会的の種々の言語層を知悉する人のみ、よくなし得るところであろう。彼の文体の随所に撒かれている妙所は、飜訳すれば必ず失われてしまう」と述べている。クゥルティウス「マルセル・プルースト」、『現代ヨーロッパにおけるフランス精神』、大野俊一訳、角川文庫、一九五五年、九六頁。ただし、この論文にはチャプスキが述べている「ドイツ的要素の強調」は見当たらない。当時のプルーストは、ほとんどドイツ語を読めなくなっていたため、クルティウスの論文のフランス語訳を求めて、関係者に何通も手紙を送っている。オーストリア人の文体学者レオ・スピッツァーは、論文「マルセル・プルーストの文体――遅延要素」の注イで次のように述べている。「プルーストの文体は「ドイツふう」ではない。もっとも、クルチウスに宛てた手紙（ブノワ＝メシャンの著作に引用）から判断するかぎり、作家は、ギリシャ語の総合文を想わせるような総合文が書けるというので、ドイツ語をうらやんでいたらしいが……」『プルースト全集』別巻、萬沢正美、吉川一義訳、筑摩書房、一九九九年、三四三頁。一九二二年三月七日または八日のクルティウス宛書簡で、プルーストはドイツ語を「ギリシア語と並んで最も豊かな言語のうちに数え」ている。Marcel Proust, *Correspondance*, t. XXI, éd. Philip Kolb, Plon, 1993, p. 81.

(34) 出典不詳。ゲーテはパリについて、次のように述べている。「ところで、パリのような都市を考えてみたまえ。そこでは、大国の最高の頭脳がたった一箇所に寄り集まって、日々の付き合いや、議論や、競争の中でおたがいに切磋琢磨している。そこでは、全世界の各国から来た自然の産物や芸術作品の最高のものが、日々の展覧に供せられている。こういう世界都市を考えてもみたまえ。一つの橋、一つの広場へ足を運んでも、そこには偉大な過去の思い出が宿っている」。エッカーマン『ゲーテとの対話』下巻、山下肇訳、岩波文庫、一九六九年、一四四頁。

(35) タデウシュ・ボイ・ジェレンスキ(Tadeusz Boy-Żeleński, 1874-1941)は、ポーランドの評論家・フランス文学翻訳者。「ボイ」は英語の boy に由来する筆名。ヴィヨン、ラブレー、モンテーニュ、モリエール、ラシーヌ、ヴォルテール、ルソー、バルザック、スタンダールなどを、過去のポーランド作家の文体を参照しながら次々に翻訳したことで知られる。『失われた時を求めて』は、『囚われの女』までを訳出したが、『逃げ去る女』と『見出された時』は彼の没後に別の訳者によって刊行された。

(36) 「プルーストは、おのれに取り憑いた作家たちの秘密を盗むと同時に、それから自由になった。文体模写が、師匠たちの作品を読みながら感じたことを凝縮して再現するのにたいして、批評は、そうした作家たちの技巧を明確に分析する。文体模写と批評がたがいに補い合うゆえんである」。タディエ『評伝プルースト』下巻、前掲書、一四九頁。

(37) このエピソードはラモン・フェルナンデスの回想文に登場する。Ramon Fernandez, « L'accent perdu », *Les Cahiers Marcel Proust, op. cit.*, p. 94-96. なお senza vigore は senza rigore の誤りで「無礼講」の意。また、このイタリア語を口にするのは、アルベルチーヌではなく、オデットである。「ヴェルデュラン夫人がサロンを開いたのは、みながかならず同一時刻に家で彼女に会うことができるようになるからだということを、人伝てに聞いたからだ（また、そのことをオデットは好んで繰り返した）。彼女は同じような種類のサロンを、ただしもっと自由なサロンを持った自分を空想した。これは senza rigore よ、と彼女は好んで口にしたものである」。『花咲く乙女たちのかげにI』、三五五頁。

（38）一九二〇年一月四日または五日付のジャック・ブーランジェ宛の手紙のことか。プルーストは追伸で、「便箋の裏がインクで汚れていることに気がつきましたが、すっかり消耗してしまい、書き直すことができません。どうぞお許しを！」と書いている。Marcel Proust, *Correspondance*, t. XIX, éd. Philip Kolb, Plon, 1991, p. 51.

（39）「祖母はスワンに、版画になった作品はないかとたずね、それもできれば古い版画で、ただの版画という以上に興味のあるもの、たとえば今日ではもう見られない状態の傑作を再現したような作品（損傷を受ける前のレオナルド作『最後の晩餐』をモルゲンが版画にしたようなもの）を好んだ。贈り物のやり方にかんするこういう理解の仕方が、かならずしも常にすばらしい結果ばかりを生むものでなかったことは、言っておかねばならない。潟(かた)を背景にしたらしいティツィアーノのデッサンにもとづいて私が思い描いたヴェネツィアは、明らかに、ただの写真が与えてくれる観念よりも不正確だった」。『スワン家の方へI』、一〇〇頁。なお、語り手は旅の夢想に関して、「美術書にもまさってその熱狂をかきたてたのはガイドブックであり、ガイドブック以上に汽車の時刻表だった」と述べている。『スワン家の方へII』、四三七頁。

(40)「父は一瞬、驚いたような、また腹を立てたような様子で私を眺めた。それからママンがしどろもどろに、何が起こったかを説明しはじめると、たちまち彼女にこう言った、「この子といっしょに行っておやり。ちょうどお前も眠くないって言ってたところじゃないか。少しこの子の部屋にいておやり。私は何もいらないからね」。母はおずおずと答えた、「でも、あなた、わたしが眠くても眠くなくても、何も変わりはしません。この子に悪い癖でもつくと……」「悪い癖をつけるなんてことじゃないよ」と、父が肩をすくめて言った、「ごらん、この子はつらいんだよ。寂しそうじゃないか、この子は。さあさあ、私たちは血も涙もないわけじゃないんだよ。この子を病気にでもしてしまったら、まったくいきすぎだ！　この子の部屋にはベッドが二つあるんだから、フランソワーズにそう言って大きい方のベッドの支度をしておもらい。そうして今晩だけはそばで寝ておやり。さあ、おやすみ。私はお前たちみたいに神経質じゃないから、ひとりで寝ることにするよ」。『スワン家の方へI』、九二―九三頁。

(41)シャルル・アース(Charles Haas, 1833-1902)は、ユダヤ系の社交人。ジョッキー・クラブや文学サロンに出入りし、女優サラ・ベルナールとのあいだに浮き名を流した。シャルル・スワンのモデルであることを作者が公言している。プルーストは一八九〇年頃にシュトロース夫人のサロンでアースに紹介されたことがあるが、それ以上の交流はない。

(42)　「スワンはそれまでにありとあらゆる可能性を検討していた。つまり現実は、あたかも頭上の雲のかすかな動きし私たちをぐっさり突き刺すナイフの一撃とが何の関係もないように、可能性とおよそ無縁なものなのだ」。『スワン家の方へⅡ』、三七九頁。

(43)　ボッティチェリではなく、マンテーニャと比較される。「何歩か離れたところに、制服を着た大男が、じっと彫像のように、何をするでもなくただ夢見ており、あたかもマンテーニャの波瀾に満ちた絵のなかに見られる純装飾的に描かれた戦士、人びとがたがいにつかみかかり、殺しあいをしている最中に、楯にもたれて物思いに沈んでいる戦士を思わせた」。『スワン家の方へⅡ』、二九八頁。スワンにボッティチェリを想起させるのは、オデットである。「スワンはボッティチェリの『モーセの生涯』のなかに描かれるのにふさわしい顔をふたたび目の前に見て、それを絵のなかに位置づけ、オデットの頸に必要な傾きを与える」。『スワン家の方へⅡ』、一二一―一二二頁。

(44)　ガラルドン夫人の言葉。「本当のお兄さんと義理のお兄さんと、二人も大司教を出している人のお宅にユダヤ人が来るなんて！」〔……〕「分かってるわ、スワンさんが改宗したことは。それに、あのかたのご両親も、そのまたご両親もね。でも、改宗した人はほかの人以上にもとの宗教に執着するっていうでしょう。それからああいうのはただの見せかけだっていうわね。ちがいまして？」。『スワン家の方へⅡ』、三二九頁。

(45)　スワンはフロベルヴィル将軍からカンブルメール若夫人への紹介を頼まれる。将軍が「野蛮人どもに虐殺されるよりは、あのご婦人の亭主におさまる方がいいと思う」と発言したのを聞いて、サロンにおける自分の心情と重なったことから、将軍と話を続ける。そして、自ら冒険者の名前を列挙し、ラ・ペルーズを引き合いに出す。すると将軍は「よく知られた名前ですね。その名前のついた通りもある」と述べる。ラ・ペルーズ通りには、オデットが住んでおり、スワンはその通りの名前を呼ぶだけで幸福感を覚える。『スワン家の方へII』、三三八—三三九頁。

(46) モントリヤンデ伯爵夫人の言葉。「演奏者たちの巧妙さにすっかり夢中になった伯爵夫人は、スワンにこう叫んだのである、「見事なものですわねえ。わたし、こんなにすばらしいものを見たことがございませんわ……」。しかし、正確さへの配慮が、このように言いきった最初の言葉を訂正させ、彼女はこういう留保をつけ加えた、「見たことがございませんわ……回転テーブルのとき以来!」」『スワン家の方へII』、三五八頁。

(47) 「祖母の病気をきっかけにして、さまざまな人が同情の気持を表明したが、それがあまりに大げさだったり不充分なものだったりするのに私たちは驚かされた」。『ゲルマントの方II』、四二頁。

(48) 「髪を結ってもらいたいですか、と何度もたずねたあげくに、とうとうフランソワーズは、祖母の方からそうしてくれと頼まれたように思いこんでしまった。〔……〕髪がうまく結えたかどうかを本人にたしかめさせるために、悪気はないけれども冷酷なフランソワーズが祖母に鏡を近づけようとしたとき、私は急いでかけ寄った。それまで家の者は鏡という鏡を注意ぶかく祖母から遠ざけておいたのだが、その祖母が想像もつかない自分の姿をたまたま見てしまう前にうまくその手から鏡をもぎとることができたので、はじめ私は嬉しかった」。『ゲルマントの方Ⅱ』、五九頁—六〇頁。

(49) 実際には、先にゲルマント公爵が来訪し、彼が推薦した名医が後からやって来る。「たしかにディユーラフォワ博士は名医であり、すばらしい教授だったかもしれないが、これら数々のはまり役につけ加えて、彼には四十年来並ぶ者のないもう一つの役があったのだ。理屈屋や、スカラムーシュふうの道化や、高邁な父親などの役と同じく、一風変わったその役とは、臨終ないし死を確認しにやって来るという仕事だった。〔……〕品のよい黒のフロックコートに身を包んだ教授は、素直に悲しみの色を浮かべて入ってきたが、わざとらしいと思われかねないお悔やみの言葉は一語も口にせず、そのくせいささかも礼を欠く態度はとらなかった。死者のベッドの足許に立たせたら、大貴族と奉られるのは彼であって、けっしてゲルマント公爵ではなかった。祖母を疲れさせない程度に彼女を診た後に、彼は主治医に対する礼儀から極端に控え目な調子で、声をひそめて父にふた言三言ささやくと、母の前でうやうやしく一礼した。〔……〕ママンは、ディユーラフォワ氏に気づきさえしなかった。祖母以外のいっさいが、彼女にとっては存在しなかったからだ」。『ゲルマントの方Ⅱ』、七八—八〇頁。

(50) 「そのとき、祖母の呼吸を楽にするはずの酸素ボンベが来るのを今か今かと待っていた母が、ゲルマント氏がいようとは夢にも思わずに控え室に入ってきた。〔……〕私がやむを得ず彼の名前を告げると、たちまち彼はやたらと頭を下げたり、ぴょんぴょんと飛びはねたりして、挨拶の儀式をいっさい省略なしにやり始めようとする。そればかりか、母とゆっくり話をするつもりでさえあったのだが、悲しみのあまり気もそぞろの母は、私に早く来るようにと言うばかりで、ゲルマント氏の言葉に返事すらしようとしなかった。ゲルマント氏は訪問客として迎えられるつもりでいたのに、逆に控えの間にひとりだけ取り残されてしまったので、その日の朝パリに戻ってきたサン゠ルーが知らせをきいてかけつけて、ちょうどこのとき部屋に入ってくるのを見なければ、結局は退出することになっただろう」。『ゲルマントの方II』、六八―六九頁。

(51) バルザックが金の握りのついたステッキを作らせたのは一八三四年八月十八日。同年十一月一日に豪華な晩餐会を催し、ロッシーニやノディエを招待した。バルザックは一八三二年から、カシーニ通り一番地に住んでいた。大矢タカヤス編『バルザック「人間喜劇」全作品あらすじ』、「バルザック「人間喜劇」セレクション」別巻2、藤原書店、一九九九年、四一二頁。サンドが回想録『わが人生の物語』で語っているのが同一のパーティーなのかどうかは不明だが、そこでも「刺繍の入ったカーテン」が言及されている。George Sand, *Histoire de ma vie*, dans *Œuvres autobiographiques*, t. II, éd. Georges Rubin, Gallimard, Bibliothèque de la Pléiade, 1971, p. 155.

(52) 「だから私は、ショパンが流行おくれであるどころか、ドビュッシーの愛好する作曲家であるということを、彼女に教える楽しみを味わった。もっとも、ちょうどビリヤードで、クッションを使って一つの球にあてるように、彼女の義理の母に話しかけるという形でそれを行なったのだ。「まあ、おもしろいこと」と、若夫人は微笑を浮かべながら私に言ったが、まるでそんなことは『ペレアス』の作者の投げかけた逆説にすぎない、とでも言いたげな様子だった。けれども今後彼女がショパンを聴くときに、敬意どころか楽しみまで覚えるだろうことは、今やまったく確実だった。だから私の言葉は、老夫人の解放の時を告げていたのであり、そのために彼女の顔には、私への感謝と、とりわけ喜びの表情が浮かんだのである」。『ソドムとゴモラI』、四六五―四六六頁。

(53)「「でもね」と私は、若いカンブルメール夫人の目にプッサンの名誉を回復させる唯一の方法は、ふたたびプッサンが流行しはじめたことを教える以外にないと感じながら言った、「ドガ氏がはっきり断言していますけれど、彼はシャンティイにあるプッサンの作品ほど美しいものを見たことがないそうですよ」「あら、ほんと? わたし、シャンティイのプッサンは存じません」とカンブルメール夫人は言った。彼女はドガとちがう意見を持ちたくなかったのだ。「でも、ルーヴルにあるプッサンのことなら言えますけど、あれはひどいものでしたよ」「ドガは、それもたいそう誉めていますよ」「それじゃ今度また見直さなければ。だいぶ前に見たので、ぼんやりしてますから」と彼女は一瞬口をつぐんでから答えたが、それはまるで、これから彼女は確実にプッサンに対して好意的な判断を下すことになるのだけれども、それはいま私の伝えた情報によるのではなく、彼女があらためてルーヴル美術館のプッサンを今度は決定的に調べ直した上で、はじめて前言をとり消すことができるのだ、とでも言いたげな様子だった」。『ソドムとゴモラI』、四五六―四五七頁。

(54) ミシア・ゴデプスカ・セール (Misia Godebska-Sert, 1872-1950) は、ポーランド貴族の女性ピアニストであり、パリ社交界の花形だった。トゥールーズ・ロートレックだけでなく、ルノワール、ボナール、ヴュイヤールなどが彼女の肖像画を描いている。一九二〇年代には、若きチャプスキと彼の友人の「カピスト派」の画家たちがパリで作品を発表できるように援助した。「ムーリス Meurice」と「リッツ Ritz」は、ともにパリの高級ホテル。

(55) サン＝ルーの死を知って悲しんだゲルマント公爵夫人のことか。「この悲しみぶりを知って、私は心を打たれた。これを見れば、二人のあいだに温かい友情があったというこことをだれもが口にできたし、私もそれを保証できる。しかしそれがどれほど多くのつまらない陰口や、互いに相手を利用しようとする悪意を秘めていたかを思い出すと、私は社交界での温かい友情などしょせんとるに足りないものにすぎないと思うのだ」。『見出された時I』、三三五頁。

(56) 出典不詳。以下の描写のことか。「フランソワーズは、お伽の国で巨人たちが料理人としてやとわれるように、今や彼女の助手になった自然の力に命令しながら、石炭を叩いて細かくしたり、蒸気を通してジャガイモをふかしたり、また火にかけた料理の傑作を頃合いで完成させたりしていた」。『スワン家の方へI』、二六一頁。

(57) 「ゲルマント氏は私の着くのを待ちかまえていて、入口のところで出迎え、手ずからコートを脱がせてくれたのだ。〔……〕ルイ十四世の宮廷にいた人たちの場合でさえ、その何人かが書いた手紙のなかで、身分の低い人、それも何の役にも立たない人に対して、彼らが宮廷人らしい礼儀をつくしているのを見ると、私たちはびっくりする。というのも、これによってそうした大諸侯においても、けっして明らさまに口にはしないが常に彼らを支配しているさまざまな信念があること、とりわけ礼儀上ある感情を持っているように装ったり、細心の注意をこめてある種の愛想のよい態度を示したりしなければならないと信じていることが、不意に暴露されるからだ」。『ゲルマントの方Ⅱ』、二三一―二三三頁。

(58)「戦争の初めからバレス氏はこう言っていた、芸術家は（この場合はティツィアーノのことだが）何よりもまず祖国の栄光に奉仕すべきである、と。けれども芸術家は、芸術家としてでなければ祖国に奉仕できないものだ。すなわち、科学の法則や実験や発見と同じように微妙な芸術の法則を探求し、芸術の実験を試み、芸術の発見を行なうにあたって、自分の前にある真理以外は――たとえ祖国であれ――考えない、という条件でしか祖国に奉仕することができない」。『見出された時Ⅰ』、四〇九頁。

(59) パスカルは一六五四年十一月二十三日夜の回心について書き記した「メモリアル」と呼ばれるテクストを、晩年の八年間、自分の服に縫いつけていた。『パスカル著作集』第一巻、田辺保訳、教文館、一九八〇年、一六一頁。

(60) 一六五九年のペリエ夫人（パスカルの姉）宛の手紙で、姪の縁談について述べた言葉。「あの年頃の、ああいう無邪気な子どもを、キリスト教の立場からいうと、何よりも危険で、あさましい状態におとし入れるなどということは、どうあろうと避けねばならないことであって、そんなことをするのは、愛にそむき、良心をそこなってとり返しのつかぬ結果を招き、世にあるかぎりの最大の罪のひとつをおかすことになるというのです」。『パスカル著作集』第二巻、田辺保訳、教文館、一九八一年、三二七頁。

(61) 一八八八年秋頃のダニエル・アレヴィ宛書簡。「ぼくの道徳的観念に従えば、官能の快楽はとてもいいことなのです」。『プルースト全集』第十六巻、吉田城訳、筑摩書房、一九八九年、二二頁。

(62) 「晩餐会に行くために馬車に乗るべきか、それとも死んでいくひとりの男に同情を示すべきか、生まれてはじめてこのように異なる二つの義務の板ばさみになった彼女は、礼儀作法の掟を探っても、従うべき判例を示すものを何ひとつ見出すことができなかった。そして、どちらの義務を選んだらよいか分からなかった彼女は、さしあたって努力の必要の少ない第一の選択肢に従うために、第二の選択肢などあってはならないことであると信じている振りをすべきだと思い、この葛藤を解決する最良の手段は葛藤の存在を否定することだと考えた。「ご冗談でしょう?」と彼女はスワンに言った。〔……〕「なあに、まだたっぷり時間はあるさ。たかが十分前だ。モンソー公園までいくのに十分はかからないさ。それに、結局は仕方ないじゃないですか。八時半になったって、みんなおとなしく待っていてくれますよ。ともかく、赤いドレスに黒い靴をはいていくわけにはいかないからね〔……〕」。『ゲルマントの方Ⅱ』、六〇三―六〇六頁。

(63) ヴェルデュラン夫人は、ゲルマント大公と再婚する。「ゲルマント公爵夫人」になることはない。「このアメリカ人の女性にとって、晩餐会や社交のパーティは、一種のベルリッツ語学院だった。つまり、彼女は人びとの名前を耳にすると、あらかじめその価値や、その正確な範囲を知りもしないのに、それを繰り返し口にするのだ」。『見出された時Ⅱ』、一〇一頁。

(64) ラシーヌ『アタリー』第二幕第五場より。引用は、鈴木力衛編『ラシーヌ』所収の「アタリー」、渡辺義愛訳、「世界古典文学全集」第四十八巻、筑摩書房、一九六五年、四九三頁、に拠る。

(65) 「彼女は――これまで一度もなかったことだが――ひどく同情をそそる女になっていた。なぜなら、以前の彼女はスワンをはじめとして誰かれかまわずだましてきたのに、今は世界じゅうの人たちからだまされていたからだ。しかし彼女はすっかり弱気になっていたので、役割は逆転して、もはや男たちの悪意から身を守ることさえできなかった」。『見出された時Ⅱ』、八三―八四頁。

(66) 「三流だけれども若い女優」はラシェル。朗読したのは、現代詩ではなく、ラ・フォンテーヌの寓話「二羽の鳩」である。「娘婿は、自分たち夫婦のよく知っているラシェルが招いてくれなかったので、かんかんに腹を立てており、それだけに「お茶の会」はいっそうわびしいものになった」。『見出された時Ⅱ』、一七六頁。

(67)「ラ・ベルマの顔には、俗に言う死相があらわれていた。今度こそ彼女は、あのエレクテイオンの大理石像を思わせた。その硬化した動脈はすでに半ば石と化しており、彫刻の長いリボンが、鉱物の固さを伴って頬に走っているのが見られた。この骨となった恐ろしい仮面とは対照的に、死にかかった目はそれでもまだいくらか生きていて、石に囲まれて眠る蛇のようにかすかに光っていた」。『見出された時Ⅱ』、一七五頁。

(68)「彼女は逆転した状況を測っていた。そのために今や高名なラ・ベルマの子供たちが自分の足許にひれ伏すことになったのである。彼女はその場にいるすべての人たちに面白おかしくこの事件を話した後に、若夫婦に入ってもよいと伝えさせた。二人は早速それを実行し、こうして以前にラ・ベルマの健康を損ねたのと同様に、一気に母親の社会的地位を破滅させた」。『見出された時Ⅱ』、二〇八―二〇九頁。

(69)「目を一点に据え、猫背になって、坐るというよりは馬車の奥に据えられているような一人の男が、懸命にその身をしゃんと保とうとつとめている。まるでおとなしくしていなさいと言われた子供のようだ。けれどもそのカンカン帽からは、始末におえない真っ白な蓬髪(ほうはつ)がのぞき、あごからは、公園に並ぶ河川の神々の像に雪がつけたあごひげのように、白いひげが垂れ下がっている。それは、かたわらのジュピヤンにまめまめしくかしずかれているシャルリュス氏で、私は知らなかったが脳卒中の発作から立ち直ったところだった（私がきいていたのは目が見えなくなったということだけだったが、それは一時の障害にすぎなかったのだろう、というのも彼はふたたびとてもよく物が見えるようになっていたからだ）」。『見出された時Ⅰ』、三四九―三五〇頁。

(70) 語り手が、同棲生活から失踪したアルベルチーヌの事故死を知るのは、彼女の母親ボンタン夫人からの電報による（『逃げ去る女』、一三三頁）。「新しい恋人」ではなく、母親とともにヴェネツィアに滞在中の語り手は、ある日、アルベルチーヌからの手紙を受け取ったと信じ、動揺するが、翌日よく見ると、差出人はジルベルトだったことが判明する。「アルベルチーヌが私の心のなかでもう生きていない今、彼女が生きているという知らせは、意外にも喜びをもたらさなかった。私にとってのアルベルチーヌは、彼女に向けた思いの束にほかならなかったから、その思いが私の心で生きているかぎり、彼女は物理的な死を越えて生きのびていた。逆にそれが死んでしまった今、アルベルチーヌは肉体こそあっても、いっこうによみがえってこない。彼女が生きていてもさっぱり嬉しくないし、私はもう彼女を愛していないのだ」。『逃げ去る女』、四五〇頁。

(71) 出典不詳。『囚われの女』において、アルベルチーヌへの嫉妬と疑念に悩まされる語り手を指したものか。

(72) 「「よい医者を必要としている人といえば、私たちの友人のスワンがそうですよ」とベルゴットは言う。そして私が、スワンは病気なのかとたずねると、「ほれ、あの人は商売女と結婚した男だし、あの細君を招きたがらないご婦人たちや、彼女と寝た男たちがもらす蛇のように陰険な当てこすりを、日に五十回もじっと堪えている人ですよ。一目瞭然だ、おかげで口許が歪んでいるでしょう。外から戻って来て、自分の家にいる客が誰だかのぞいたとたんに、彼は眉をへの字に吊り上げますよ。まあいつか見てごらんなさい」。ベルゴットを昔からずっと歓待してくれてきた友人たちのことを、知らない相手に向かって彼がこんなふうに悪しざまにけなすのは、そのスワン家で彼がたえず家の人たちに示していたほとんど愛情こまやかな口調とともに、私には新しい発見だった」。『花咲く乙女たちのかげにI』、三〇七頁。

(73) スワン夫人のサロンで、彼は「才能が枯渇しかけたときになって、埋もれた無名の存在から偉大な栄光へと、ほとんど一足とびに移行した人物だった」。『ソドムとゴモラI』、三二二頁。「ただ何年も後になって彼がもう才能も失ってしまったとき、自分でも満足のいかないものを書くたびに、本来ならそれを抹消すべきであったにもかかわらず、そうしないでそれを公表する口実に、彼は今度は自分自身に向かってくり返し言いきかせたのである、「何はともあれ、これはまあ正確だし、わが国にとって役に立たないわけではないのだ」と」。『花咲く乙女たちのかげにI』、二七五—二七六頁。

(74) 正しくは、ジャン＝ルイ・ヴォドワイエ (Jean-Louis Vaudoyer, 1883-1963)。フランスの小説家・詩人・美術評論家。一九二一年五月二十四日、ジュ・ド・ポム美術館で開催されたオランダ絵画展へ、プルーストはヴォドワイエとともに赴いた。そこで一九〇二年にデン・ハーグで見たフェルメールの『デルフトの眺望』と再会。展覧会場でめまいに襲われた。ジョージ・D・ペインター『マルセル・プルースト』下巻、岩崎力訳、筑摩書房、一九七二年、三二五—三二六頁。タディエ『評伝プルースト』下巻、前掲書、三六六―三六八頁。

(75) 「彼は目をすえて、ちょうど子供が黄色い蝶をとらえようと目をこらすように、この貴重な小さな壁を眺めた。「こんなふうに書かなくちゃいけなかったんだ」と彼はつぶやいた、「おれの最近の作品はみんなかさかさしすぎている。この小さな黄色い壁のように絵具をいくつも積み上げて、文章(フレーズ)そのものを価値あるものにしなければいけなかったんだ」」。『囚われの女I』、三五五頁。

(76) 「この地上での人生の条件のなかには、善をなせ、心こまやかであれといった義務、他人に礼儀正しくあれといった義務さえ人に感じさせるような理由は何ひとつなく、また神を信じない芸術家にとってみれば、永久に知られることのない一人の画家、わずかにフェルメールという名で確認されているにすぎない一人の画家が実に巧妙かつ精緻に黄色い小さな壁を描きあげたように、何度も繰り返してひとつのものを描くべく義務づけられていると感じる理由は何もない――たとえその作品が賞賛をかちえても、蛆(うじ)に蝕まれてゆく自分の肉体にとってはどうでもよいことだろう。このような義務はいずれも現世で報いられるものではなく、この世界とはかけ離れた世界、善意や心づかいや自己犠牲に基礎をおく別の世界に属しているように見える。人はその世界から出てこの地上に生まれ、おそらくはやがてその世界に引き返して未知の掟に支配されながらふたたび生きることになるだろう。だがそれに先立って、人はこの地上でもその掟に従うのである。それは、だれが書きつけたかも知らずに、自分のうちに掟の教えを持っているからだ」。『囚われの女Ⅰ』、三五六―三五七頁。

(77)「神は他の世界から種子を取ってきて、それをこの地上に播き、ご自分の園を作られた。そして芽を吹くべきものはすべて芽を吹いたが、そのようにして育てあげられたものが現に生き、生命をもっているのは、ただただそれらが神秘な他界との接触の感覚を保っていればこそであり、もし人間の内部でこの感覚が弱まり、あるいは消え去ることがあれば、人間の内部に育てあげられたものもまた死滅し去るのである」。ドストエフスキー『カラマーゾフの兄弟Ⅰ』、江川卓訳、「世界文学全集」第四十五巻、集英社、一九七九年、四〇八頁。

(78)「ベルゴットは埋葬された。だが葬式の日にはひと晩じゅう、明かりに照らしだされた本屋のウィンドーに彼の著書が三冊ずつ並べられて、翼を広げた天使のように通夜をしており、もはやこの世に亡い人のための蘇りの象徴のように思われた」。『囚われの女Ⅰ』、三五七頁。プルースト晩年の家政婦だったセレスト・アルバレは、作家の死後、この場面を思わせる「異常な出来事」に遭遇したと証言している。「オディロン、姉、それに私が片づけをするためにまだ住んでいたアパルトマンから出たとき、私はアムラン街の家のすぐ近くの書店のウインドを突然に見た。それは光線で輝いていた。そしてガラスの背後には、M・プルーストの既刊の作品が三冊ずつ並べてあった」。セレスト・アルバレ『ムッシュー・プルースト』、三輪秀彦訳、早川書房、一九七七年、三八三頁。

(79)「私がプルーストに会ったのはだいぶ経ってから、ある年の大晦日の夜、ヴォルテール河岸にあるセール夫人邸のパーティーで退屈をまぎらわせていたときのことだった。サロンは人でいっぱいで、毛皮を着込んだ人たちが押し合いへし合いする足もとで、糸ガラスとコロマンデルの漆の装飾がぐるぐる動き、震えていた。テーブルはどれも満席で、まだ席を見つけられないで不安げな人が、黒塗りのボーリングのピンのように、サロンの中央に残っていた。あるいは、緑と金の草が生い茂った庭のようなボナールの壁画の前で、方角を見失った昆虫のようでもあった。プルーストの姿は、ほとんどすぐに目についた。しかし、彼はなんと変わってしまっていたことだろう。すっかり青ざめて、睫毛にかかるほど髪を伸ばして、顔を覆い尽くそうとするあご髭は青みがかっていた」。Léon-Paul Fargue, « Portraits », *Nouvelle Revue Française*, n° 112, *op. cit.*, p. 86.

(80)「あなたにお手紙を書こうと思っていたのですが、私は死んでいました。深キ淵ヨリ再び浮かび上がりましたが、まだラザロのように包帯に巻かれています」。François Mauriac, « Sur la tombe de Marcel Proust », *Les Cahiers Marcel Proust*, *op. cit.*, p. 241. Cf. Marcel Proust, *Correspondance*, t. XXI, *op. cit.*, p. 159.

(81) 伝記作家は、主治医でもあった弟ロベール・プルーストや家政婦セレスト・アルバレの看取るなか、目を見開いたまま亡くなった、としている。ペインター『マルセル・プルースト』下巻、前掲書、三六八頁。タディエ『評伝プルースト』下巻、前掲書、三九七頁。

ジョゼフ・チャプスキ略年譜

一八九六年
四月三日、プラハ（ネルダ通り二〇番地のトゥン＝ホーエンシュタイン宮殿、現在はイタリア大使館）にて、ユゼフ（ジョゼフ）・マリア・エメーリク・フッテン・チャプスキ誕生。父はイェジー・フッテン・チャプスキ公爵、母はボヘミア＝オーストリアの名門貴族トゥン・ホーエンシュタイン公爵家のユゼファ公女。幼年時代をプシルスキ（現在はベラルーシ領）の城館で過ごす。

一九〇二年
母死去（乳母のゾーニャが子供たちの面倒を見る）。

一九〇九―一六年

家庭教師とともにサンクト・ペテルブルクに移住。バカロレア試験に合格し、法学の勉強を始める。ピアノのレッスンも受け始める。

一九一六―一七年

一九一六年末に帝政ロシアの近衛士官学校に入隊。一九一七年十月に槍騎兵第一連隊に配属される。これは同年にロシアで起きた二月革命時にロシア軍に所属していたポーランド兵によって構成された部隊である。数カ月後、反戦主義を理由に軍を離脱。サンクト・ペテルブルク（当時はペテログラード）に戻り、ボルシェヴィキ体制による最初の冬が飢饉と恐怖政治に襲われるなか、二人の姉とともに宗教的な平和団体を運営する。

一九一八年

ポーランドに帰国し、ワルシャワの美術学校に入学する。その後、軍当局に出頭し、武器を携行せずに祖国に奉仕したい旨を告げる。ロシアに送られ、行方不明のポーランド兵の捜索に従事。三、四カ月の調査の結果、行方不明の将校たちが処刑されていたことを突き止める。

一九一九年

ポーランドに戻り、一兵卒として軍に志願し、ポーランド・ソヴィエト戦争に参加する。軍功労十字章を受章。

近衛連隊の軍服を着たチャプスキ、1917年3月

一九二一年

クラクフの美術学校に入学。ユゼフ・パンキェヴィチの授業を受ける。

一九二三年

「パリ委員会 Komitete Pariski」を立ち上げる（その頭文字から、メンバーはカピスト Kapiste と呼ばれることになる）。パリでの絵画修行を目指す学生の集まりである。彼らは歴史的主題を中心としたポーランドの古典主義に反発しつつも、非具象絵画からも距離を置いた。モットーは「絵画と絵画」。ヴァン・ゴッホ、フォーヴィズム、キュビズムの発見と、セザンヌへの憧れが、彼らの画風を決定づけた。

一九二四年

グループは六週間分の滞在費をもってパリへ出発する。彼らは最終的に六年間滞在することになったが、ときには貧窮した。チャプスキだけがフランス語に堪能だったことから、滞在費捻出のために奔走し、自分の時間の一部を犠牲にすることを余儀なくされる。

一九二六年

チフスに罹患し、ロンドンで療養。ここでプルーストを読む時間を得る。ナショナル・ギャラリーでコローの絵を見たことが、彼の将来の絵画に関する考え方に影響を与えることになる。

一九二九年　パリのサン＝ジェルマン＝デ＝プレのザック画廊でカピスト派のグループ展開催。成功裡に終わる。

一九三〇年　スペインに旅行し、ゴヤの絵から強烈な印象を受ける。

一九三一年　ジュネーヴのモース画廊、およびワルシャワでカピスト派のグループ展。

一九三二年　パリのマラティエ画廊で初の個展。チャプスキはポーランドに戻り、絵画に関する理論的な論文を書き、友人と展覧会を開く。

一九三五年　パリ滞在。師であるユゼフ・パンキェヴィチに関する本を執筆する。

一九三六年　ロザノフの哲学に関する本を執筆する（未刊）。

一九三九年　九月一日、ドイツ軍がポーランドに侵攻。予備将校だったチャプスキはクラクフの連隊に合流し、東へ向かう。九月二十七日、ソヴィエト軍の捕虜となり、スタロビエルスク収容所に収監される。コゼリスク、オスタシュコフの収容所と合わせて、三つの

姉マリアとチャプスキ。
1924 年。

1929 年、パリ。

バグダッドにて、1943 年。

1959 年、E・チェレツカ撮影。

収容所にポーランド軍将校が収監された。

一九四〇年

四月から五月にかけて、捕虜が行先不明のどこかへ移送される。彼らのうちの数千人が、スモレンスク近郊のカティンの森で処刑されることになる。五月十二日、チャプスキは最後のトラックでスタロビエルスクを離れる。その後、パヴリシチェフ・ボール収容所へ移送され、さらにグリャーゾヴェッツ収容所に移送される。チャプスキは合計十八カ月間をソヴィエトの捕虜収容所で過ごす。獄中で日記を付け、戦前に描いた絵を記憶を頼りに素描するが、戦争中に大半は失われてしまう。

一九四一年

ドイツのソ連侵攻を受けて、ソ連政府とポーランド政府が条約に署名する。これにより、チャプスキは八月に解放され、トツコイェでポーランド軍に合流する。アンデルス将軍（Władysław Albert Anders, 1892-1970）の命令を受け、ソヴィエトの収容所から消えたポーランド軍将校の行方を調査する。カティンの虐殺の痕跡に行き当たる。

一九四二―四三年

ポーランド軍第二本隊の情報宣伝部長に任命され、トルキスタン、イラン、イラク、パレスチナ、エジプトに赴く。任務は軍の文化レベルを向上させることだった。

一九四四年　ポーランド軍のイタリア遠征に参加。

一九四五年　ローマで『スタロビエルスクの思い出』を刊行。ソ連収容所での日々と、行方不明になった仲間を発見するためにソ連当局へたゆまずはたらきかけたことの感動的な証言である。この年、パリに居を定める。ポーランド語の月刊誌『クルトゥーラ』の編集に参加し、『フィガロ・リテレール』、『証明（プルーヴ）』、『ガヴロッシュ』、『ノヴァ・エ・ヴェテラ』（トミスムのカトリック神学誌）、『カルフール』、ロンドンの『時報（ヴィアドモシ）』（ポーランドの代表的な文芸週刊誌『文芸時報』が前身）などに寄稿し、共産主義者から攻撃される。何年ものブランクと自作の消失を乗り越えて、しだいに再び絵画に取り組むようになる。カピスト派の色彩理論から離れ、印象派に接近する。

一九四七年　姉のマリアとパリ近郊のメゾン＝ラフィットに転居。最初はコルネイユ通りに、続いてポワッシー通りの『クルトゥーラ』編集部に居を定める。

一九五〇年　アメリカ合衆国で講演旅行を行ない、アメリカのポーランド移民から寄付金を集めようとする。ポーランドから亡命した若者が学べる大学をヨーロッパに創設するためだった。アインシュタイン賞受賞者の哲学者ジャンヌ・ハーシュもこの運動に参加し、

ダニエル・アレヴィと。1961 年、パリ。

姉マリアと。1961 年、メゾン＝ラフィット。

アダム・ミニフクと。1976 年、パリ。H・マングール撮影。

チェスワフ・ミウォシュと。1979 年、パリ。

プロジェクトは最初は順調だったが、この大学の学位認定が得られなかったため、頓挫した。一九五〇年以降、チャプスキはパリ、ジュネーヴ、シェーブル、ブリュッセル、アミアン、リオデジャネイロ、ニューヨーク、トロント、ロンドンで個展を開催する。

一九六〇年　アメリカのユジコフスキ財団から絵画賞を受賞。

一九七二年　チューリッヒのゴドレフスキ財団から文学賞を受賞。

一九八一年　姉のマリアが死去。

一九八五年　パリのビエンナーレに絵画十点を出展。

一九八六年　パリのレストラン「パラタン」で九十歳を祝う誕生日パーティーが開かれる。ワルシャワ大司教区美術館で個展を開催。

一九九〇年　ヴヴェイ（スイス）のイェーニッシュ美術館で大回顧展を開催。

一九九二年　ワルシャワ、クラクフ、ポズナンの国立美術館で個展を開催。

一九九三年　一月十二日、メゾン＝ラフィットで死去。メニル＝ル＝ロワ墓地に埋葬される。

ジョゼフ・チャプスキ著作一覧

『パンキェヴィチ——その生涯と作品』　Józef C., *Pankiewicz. Życie i dzieło. Wypowiedzi o sztuce*, Warszawa, Arct, 1936, rééd., Wydawnictwo FIS, 1992.

『セザンヌと意識する絵画』　Józef C., *O Cezanne'ie i świadomości malarskiej*, Warszawa, Instytut Propagandy Sztuki, 1936.

『スタロビエルスクの思い出』　Józef C., *Wspomnienia Starobielskie*, Roma, Biblioteka Orla Bialego, 1944 ; Joseph C., *Souvenirs de Starobielsk*, Paris, Collection Témoignages, 1945, rééd., Lausanne, Noir sur Blanc, 1987 ; Giuseppe C., *Ricordi di Starobielsk*, Roma, Testimonianze, 1945.

『非人間的な土地』　Józef C., *Na nieludzkiej ziemi*, Paris, Instytut Literacki, 1949 ; Joseph C., *Terre inhumaine*, adapté par M. A. Bohomolec et Joseph Czapski, Paris, Ed. Les Îles d'Or (Plon), 1949, rééd., Lausanne, L'Âge d'Homme, 1978 ; Josef C., *Unmenschliche Erde*, übersetzt von Willy Gromek, vorwort von Manès Sperber, Köln/Berlin, Kiepenheuer und Witsch, 1967 ; Joseph C., *The Inhuman Land*, translated by Gerard Hopkins, foreword by Daniel Halévy, introduction by Edward Crankshaw, New York, Sheed & Ward, 1952, rééd., Clark, Polish Cultural Foundation, 1987 ; Józef C., *En tierra inhumana*, traducción de A. Rubió y J. Slawomirski, Barcelona, El Acantilado, 2008.

『眼』 Józef C., *Oko,* Paris, Instytut Literacki, 1960 ; Joseph C., *L'Œil. Essais sur la peinture*, Lausanne, L'Âge d'Homme, 1982.

『二声の回想』 マリア・チャプスカとの共著。 Józef C., *Dwugłos wspomnień*, wespół z Marią Czapską, London, Polska Fundacja Kulturalna, 1965.

『喧騒と亡霊』 Józef C., *Tumult i widma*, Paris, Instytut Literacki, 1981 ; Joseph C., *Tumultes et spectres,* traduit par Thérèse Douchy, Lausanne, Noir sur Blanc, 1991.

『書きながら』 Józef C., *Patrząc,* wstęp i opracowanie Joanna Pollakówna, Krakow, Znak, 1983.

『日記・回想・記事』 Józef C., *Dzienniki, Wspomnienia, Relacje*, opracowanie Joanna Pollakówna, Krakow, Oficyna Literacka, 1986.

『堕落に抗するプルースト』 本書。 Joseph C., *Proust contre la déchéance. Conférences au camp de Griazowietz*, Lausanne, Noir sur Blanc, 1987, rééd. revue et augmentée, 2011, coll. « libretto », 2012 ; Joseph C., *La morte indifferente. Proust nel gulag*, a cura di M. Zemira Ciccimarra, Napoli, L'Ancora del Mediterraneo, 2005 ; Joseph C., *Proust. Vorträge im Lager*

Grjasowez, übersetzt von Barbara Heber-Schärer, Berlin, Friedenauer Presse, 2006 ; Józef C., *Proust contra la decadencia. Conferencias en el campo de Griazowietz*, traducido por Mauro Armiño, Madrid, Siruela, 2012 ; Józef C., *Proust a Grjazovec*, a cura di Girimonti Greco, Milano, Biblioteca Adelphi, 2015.

『読みながら』 Józef C., *Czytając*, wstęp i opracowanie Jan Zieliński, Krakow, Znak, 1989, rééd., 2015. 一九四八年に発表された本書のポーランド語版を収録。

『秘密の自由』 Józef C., *Swoboda tajemna*, oprac. redakcyjne Andrzej Kaczyński, Luboń, Wydawnictwo Pomost, 1989.

『いちばん大事なものはわかっていると思う――チャプスキ＝ジャン・コラン往復書簡』 Józef C., *Myślę, że wiem najważniejsze. Czapski-Colin, wybór listów* ; przekład i wstęp Andrzej S. Sawicki, Krakow, Oficyna Naukowa i Literacka TIC, 1992.

『日記抄』 Józef C., *Wyrwane strony*, Warszawa, Noir sur Blanc, 1993.

『芸術と人生』 Joseph C., *L'Art et la Vie*, textes choisis et préfacés par Wojciech Karpinski, traduit par Thérèse Douchy, Julia Jurys et Lieba Hauben, Lausanne, L'Âge d'Homme / UNESCO, 2002.

＊このほかにも、『クルトゥーラ』誌に多数の記事を執筆している。

＊著者名の表記が翻訳によって異なるため、異綴を併記した。

プルースト、わが救い　訳者解説にかえて

収容所で読む一冊？

無人島に一冊持っていくとしたら、どの本にしますか——。この古典的な問いは、無人島で本を読む余裕があることを前提にしている。浜辺に寝そべって、読み返したくなる、読み返すに価する本。だが、もしこの問いが「あなたの人生にとって欠くことのできない本」を訊ねようとしているのであれば、本当はこう問うべきなのかもしれない。収容所で一冊だけ許されるとすれば、どの本を持って

いきますか。

この問いが無人島よりも胸騒ぎを起こすとすれば、それは無人島に本を持って流れ着くという非現実的な設定に対して、何らかの理由で収容所送りになることは、一生のうちに決してあり得ない、とまでは言いきれないからかもしれない。みずから罪を犯したという自覚がなくても、政治的理由で収容所に入れられてしまうことがあるのを、二十世紀の歴史は嫌になるほど教えてくれる。

収容所で読む本について、考えをめぐらせても、あるいはその問い自体が無効になるかもしれない。政治的な理由で収容所送りになった場合、どんな本でも読めるわけではないからだ。さらに言えば、たった一冊の本さえ許されないかもしれない。では、どんな書物にも触れることができないとき、人は自分を支えてくれる言葉を失ってしまうのだろうか。

そんなことはない。それまでに読んだ本の記憶のすべてが支えてくれるはずだ。問題は、その記憶をたぐり、現在と結びつけ、あるいは現在と切り離しながら、収容所のなかで生きた言葉につくりかえていくことにある。本書は、まさに一冊の本も手元に持たずに、ソ連の捕虜収容所内でポーランド軍将校チャプスキが語ったプルースト論の記録である。とはいえ、収容所生活とプルーストに何の関係があるのだろうか。そもそも、なぜ彼は収容所に入り、どのような環境に置かれ、なぜそこでプルーストを語ることになったのだろうか。

名門貴族から亡命画家へ

ジョゼフ・チャプスキ（Joseph Czapski ポーランド語綴りではユゼフ Józef だが、ここではフランス語名義で統一する）は、四人の姉に続いて、一八九六年四月三日、由緒ある貴族フッテン・チャプスキ家の長男として生まれた。祖父のエメーリクは、ロシア領下のポーランドで知事や大臣などの要職を務め、退職後は版画や絵画から古銭や甲冑に至るまで、幅広い美術品や工芸品を収集に熱中した。収集品は、現在はクラクフにある国立フッテン・チャプスキ博物館で鑑賞することができる。同博物館には、ジョゼフ・チャプスキの日記や原稿や蔵書が所蔵されている。二百六十冊におよぶ膨大な日記はコピーが二部作られ、一部はパリのポーランド図書館に所蔵されている。

チャプスキの父イェジー・チャプスキ侯爵は、同じくポーランドの名門貴族サングシュコ家の領地に滞在中、オーストリアの大貴族トゥン・ホーエンシュタイン家の娘と恋に落ち、結婚した。その長男が、ジョゼフである。プラハで生まれた彼は、幼年時代をプシルスキ（現在はベラルーシ領）の城館で過ごし、ポーランド語のほかに、フランス語とドイツ語を学んだ。サンクト・ペテルブルクで法学の勉強中に第一次大戦が勃発し、彼は一九一六年の暮れに軍隊に動員される。しかし、ロマン・ロランに心酔していたチャプスキは反戦主義を貫徹して軍隊を離れ、ペトログラード（一九一四年以降のサンクト・ペテルブルクの名称）で二人の姉とともに平和主義的なコミューンに参加する。一九一八年にワルシャワの美術アカデミーに入学し、一九二一年にはクラクフの美術アカデミーに転入。その間、一九一八年にポーランドが独立を果たすと、愛国心から、志願兵として対ソヴィエト戦争に従軍した。ただし、敵を殺害する任務は除外してもらうという条件を受け入れさせてのことである。この従軍任務の途中、ペトログラードで作家のメレシュコフスキーと面談する機会を得て、キリスト教神秘主義的な傾向を深めることになる。

帰国後、チャプスキは絵画の勉強を再開する。ポーランド美術史では、第一次大戦後の国家主権の回復を受けて、イデオロギーよりも表現技法の追究に関心が傾き、色彩主義（コロリズム）と呼ばれる、色彩豊かな静物画や風景画などが流行するようになる。チャプスキもヴァン・ゴッホやボナールやセザンヌに夢中になり、一九二三年に同級生たちと「パリ委員会 Komitet Pariski」というグループを結成し、パリで絵の勉強をするための資金調達を図る。その頭文字のポーランド語読みから「カピスト」と呼ばれた彼らの絵には、象徴主義や表現主義の後に来た遅咲きの印象主義といった趣きがある（関口時正『ポーランドと他者』）。一九二四年に、ついに彼らは六週間分の滞在費をもってパリへ赴く。最終的にグループの滞在は六年に及んだ。チャプスキは、カピスト派のなかでひとりだけフランス語を話せたため、金策に奔走することになった。

とはいえ、さまざまな雑事をこなした、ということではなさそうである。チャプスキは、パリでミシア・セールの庇護を受けていたからである。ミシアはポーランドの貴族ゴデプスキ家の出身で、彫刻家の父親とピアニストの母親から美貌と教養を受け継ぎ、マラルメからフォーレまで、パリの芸術家たちを虜にした。トゥールーズ・ロートレックの肖像画が示すように、まさにパリのミューズだった人物である。同郷の貴族のよしみもあったのだろう、彼女の援助のおかげで、チャプスキはパリの画壇との繋がりを得た。資金調達のために開いたカピスト派のパーティーには、貴族やポーランド大使のほか、ミシアと親交のあったボナールやピカソが現れ、席上でピカソがボナールの最新作を褒めちぎったことを、のちにチャプスキ自身が回想している（『喧騒と亡霊』）。

パリ滞在中の一九二六年、チャプスキはチフスに罹患し、ロンドンで大学教授を務めていた伯父宅で恢復期を過ごすことになった。芝生のうえのデッキチェアに寝転がって、彼は『失われた時を求めて』の原書を通読した。これは、外国人のプルースト受容としては、かなり早い方と言ってよいだろう。一九二八年一月、すなわち最終部『見出された時』刊行直後に、『現代評論 Przegląd Współczesny』誌にプルースト論を寄稿している。

「カティンの森」前夜の収容所で

チャプスキは一九三〇年にポーランドに帰国した。一九三九年九月一日、独ソ不可侵条約の秘密条項に基づいて、両国による東西からのポーランド侵攻が始まると、ポーランド軍の将校に任じられていたチャプスキはソ連軍に捕えられ、まずスタロビエルスク（現在はウクライナ領）、次いでグリャーゾヴェツ捕虜収容所に送られてしまう。同房者の大半は、後にソ連軍による処刑、いわゆる「カティンの森事件」の犠牲者となった。この事件の詳細については、アンジェイ・ワイダ監督の映画『カティンの森』（二〇〇七）をご覧いただきたいが、スモレンスク近郊の森で、ポーランド軍将校や警官、教師や地主など、およそ二万五千人を虐殺し、土中に埋めたものである。ソ連は指導的立場にある人間を集中的に殺すことでポーランドを弱体化し、共産圏へ組み込みやすくすることを狙っていたとも言われる。

囚人たちは過酷な肉体労働の後で精神性を保つために、「連続講義」を企画した。自分が得意な分野について毎晩誰かが話す、というものだ。スタロビエルスク収容所でも同様の試みはあったが、講演者はすぐに連行され、帰ってこなかった。グリャーゾヴェツでは、あらかじめ講義ノートを検閲に出すという条件で、ようやく夜間の講義が認められた。チャプスキが選んだテーマは、ドラクロワの絵画とプルーストの『失われた時を求めて』だった。本書はそのときの記録なのである。

チャプスキは合計十八カ月間、ソ連の収容所を転々とさせられ、一九四一年八月に解放される。ポーランド軍の依頼を受けて行方不明の将校たちを捜索し、スモレンスク近郊のカティンで何かが起きたらしいことを突き止めるが、真相解明には至らなかった。

戦後のポーランドは、ソヴィエト連邦の圧倒的な影響のもと、共産主義国家として再出発した。「カティンの虐殺」の実態調査はうやむやになり、長きにわたり、ナチスによる虐殺であるというのが、ポーランド政府の公式見解となった。ソ連でも、虐殺の事実は機密扱いを受け、最高指導者のみが知っていた。チャプスキの同房者たちの殺害の真相が明るみに出たのは、じつにソ連崩壊後のことである。

一九四五年以後、チャプスキは祖国に戻ることなく、フランスに定住し、亡命ポーランド人の仲間とともに、雑誌『クルトゥーラ Kultura』に参加した。この雑誌の創刊者はイェジー・ギェドロイツだが、パリ郊外の町メゾン＝ラフィットにあるチャプスキ邸は、雑誌の編集部を兼ねていた。というより、編集部に彼が引っ越してきたのである。アルゼンチンに亡命したゴンブロヴィッチの『トランス・アトランティック』（一九五三）や、フランスに政治亡命したチェスワフ・ミウォシュの『囚われの魂』（一九五三）が最初に発表されたのも、この雑誌である。戦後ポーランド文学史の重要な部分が、この雑誌と関わっていたと言ってもよいだろう。『クルトゥーラ』は二〇〇〇年までに六三七巻が刊行され、現在はユネスコの「世界の記憶」遺産に登録されている。チャプスキ自身も美術や文学に関する評論を同誌に多数発表している。チャプスキの枕頭の書はメーヌ・ド・ビラン、パスカル、シモーヌ・ヴェイユ、シオラン、ロザノフなど、宗教哲学に関するものが多かった。

カティンの虐殺の真相究明は彼のライフワークとなり、『クルトゥーラ』にも再三、ポーランド政府の逃げ腰を糾弾する記事を掲載した。祖国の民主化運動には協力的で、一九七七年頃には、のちに民主化運動の中心となった労働組合「連帯」の活動家として有名になるアダム・ミフニクが、二週間ほど彼の家に滞在したこともある。

戦後の活動

戦前の絵画作品や原稿は、ほぼすべて失われてしまうが、戦後、画家としての活動を再開したチャプスキは、パリやジュネーヴをはじめ、ヨーロッパ各地で個展を開いた。明瞭な色彩配置と幾何学的な構成は、ポスト印象主義の衣鉢を継ぐものだが、そこにはある種の神秘性を感じさせる静謐さが漂っている。

たとえば、一九八二年の「黄色い雲」という作品では、画面の下半分に黄色い斜面が広がり、右側に人のいない道が伸びている。その上に広がる空に丘と同じ

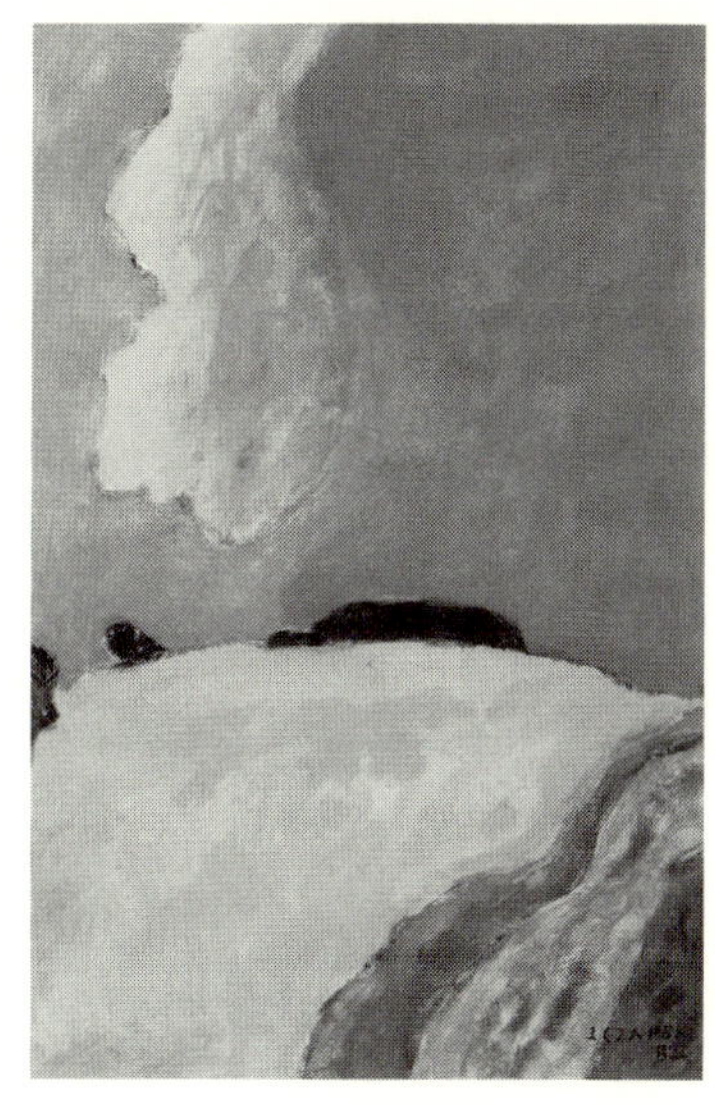

「黄色い雲」(Joseph Czapski、*Nuage jaune*, 1982、Jil Silberstein, *Lumières de Joseph Czapski,* Noir sur Blanc, 2003)

色の大きな黄色い雲が浮かんでいる。雲の左側の空は青いが、空の三分の二にあたる右側では青空を黄色いもやのようなものが覆っている。この黄色い雲は流れることなく、ある一瞬の強烈な日射しの印象、ほとんど非現実的な一瞬の感動を凝縮している。晩年にはワルシャワでも展覧会が開かれたが、高齢でほとんど失明していたチャプスキが祖国の地を踏むことはなく、一九九三年にメゾン＝ラフィットで生涯を終えた。

一九七五年、詩人のジル・シルバーシュタインに宛てた手紙で、チャプスキは自分の半生を次のように振り返っている。

一九三九年——い、い、い、いいえ、一九四四年から一九四五年頃までは、わたしの生き方は、善は悪に打ち克つものであり、わたしもその戦いに参加している、という信念に基づいていていました。そこには、極端なまでの素朴さ（信仰とも生活原理ともいえる楽観主義）がありました、というのも、この戦いの勝利はわたしの世代によってなしとげられる、だけでなく、続いい、い、い、いてわたし自身

167✶166

によっても獲得されると信じていたのですから！　わが国は自由を取り戻すはずでした（それ以前、わがトルストイ時代には、国境もない統一された新世界が見えていました。それはトルストイ流の活動的非暴力とロマン・ロランの『擾乱を超えて』によって再生された世界です。それから絵画的冒険の時代が訪れ、親しい友人とグループを結成しましたが、当時はわれらポーランド人だけが中欧で唯一のフランス絵画の継承者だと思っていたのです）。それから衝撃――人生でおそらく唯一の――が訪れたのが一九三九年、わたしの――わたしたちの活動――夢――がすべて、トランプの城のように崩れ落ちました。わたしが愛するものすべてが崩れ去った後に来たのは、ロシアの収容所であり、新たな楽観主義の復活でした。わたしは内在的な歴史の正義を信じたのです。つまり、ロシアやドイツの信仰なき世界の恐怖と悲惨に対して、真の民主制を世界に打ち建てようとする戦いをです。わたしはポーランドが真実の側に立って打ち克つことを信じました。

(Jil Siberstein, *Lumières de Joseph Czapski*, p. 27)

晩年のチャプスキの姿は、デヴィッド・リンチやゴダールなど、五人の監督が参加したオムニバス映画『パリ・ストーリー』（一九八八）に収録されたアンジェイ・ワイダ監督の短篇映画「プルースト、わが救い」（原題は本書と同じ"Proust contre la déchéance"）で見ることができる。本書刊行の翌年に発表したもので、陰影のある室内で、長身痩躯の老人が、しわがれた声でプルーストに支えられた捕虜収容所での生活を振り返っている。チャプスキの肉声を聞いてみたい方は、ぜひご覧いただきたい。

本書の成立をめぐって

チャプスキのプルースト論の最大の特徴は、言うまでもなく、それが語られた特異な環境にある。本書は、原書の副題にあるとおり、ポーランド軍将校だった画家ジョゼフ・チャプスキが、ソ連（現在はウクライナ領）のグリャーゾヴェツ捕虜収容所内で一九四〇年から一九四一年にかけて語ったプルーストに関する講義をもとにしている。オリジナルの講義ノートは、捕虜仲間の二人に口述筆記して作成された。ただし、二部作成したのか、二名が分担して一部のみを作成したのかは不明である。

収容所から解放された際、チャプスキが講義ノートを持ち出せたかどうかについては、諸家の見解が分かれている。焦点になっているのは、本書に収録した図版がいつ、誰によって書かれたノートなのかということだ。わたしとしては、鮮やかな水彩絵具による強調線が獄中で描かれたとは考えにくく、鉛筆書きの上にペンで上書きしていることからも、収容所から持ち出したのちに彩色したと考える方が自然ではないかと推測しているのだが、確証はない。『スタロビエルスクの思い出』にも、同様の彩色入りのノートが獄中の日記としてカラー図版で紹介されているのを見ると、収容所内に絵具の持ち込みが許可されていた可能性もある。本書の編者（クレジットなし）は、図版はかろうじて持ち出すことのできたオリジナルの講義ノートの一部であるとしているが、そうだとすれば、同房者の筆跡でなければならない。また、図版のノートの内容は講義の口述筆記ではなく、講義用のメモと思われる。ちなみに本書初版の編者は「オリジナルのノートは消失した」と述べているが、ノートの出典については語っていない。

研究者のザビーネ・マインベルガーは、クラクフの国立博物館所蔵のチャプスキ文書と照合した結果、この図版に使われているノートは見当たらないと主張している。彼女によれば、図版は収容所内で書かれた日記ノートの一部ではないかということだが、現物は所在不明である。初版が刊行された一九八七年には、チャプスキはまだ存命だったのだから、出版当時、本人が資料提供した可能性が高い。その後、チャプスキの甥が図版に使われたノートを所有していたことが確認されたが、二〇一〇年にこの甥が亡くなったときには、もはや見当たらなかったらしい。これほど生前から尊敬を集めていた著者の重要なノートが散逸するとは、ちょっと信じがたい話ではある。このことについては、今後の研究の進展を待ちたいところだ。本書では、読者の参考のために、マインベルガーとニール・スチュワートが翻刻しフランス語訳を付した部分（なぜ講義ノートの全ページを翻刻しなかったかは不明）のみ、日本語訳を付した。

チャプスキは、かろうじて残った（らしい）ノートと記憶をもとに、一九四三年か一九四四年初頭の中東遠征中に、フランス語によるタイプ原稿を作成した。その一部（本書後半部）は「チャプスキ大尉によるプルースト作品案内」の題名で日刊紙『ラ・マルセイエーズ』（一九四三年十二月二十六日付）に掲載された。一九四八年に、このフランス語のオリジナル原稿をテレザ・スクジェフスカがポーランド語に訳し、「グリャーゾヴェツのプルースト」という題名で雑誌『クルトゥーラ』第十二号、第十三号（一九四八）に発表されたのが、本書の初出である。フランス語のオリジナル原稿は一九八七年に初めて刊行された。

タイプ原稿をフランス語で作った意図はよくわからない。前述のマインベルガーは、グリャーゾヴェツでの講義そのものがフランス語で行なわれたと推測している。収容所では、反乱計画を阻止する目的でポーランド語の使用が禁止されることはあり、その嫌疑を避けるためにフランス語で講義したのではないか、と彼女は推測している。

だが、将校クラスの教養人が相手だったとはいえ、ポーランド人を相手にわざわざフランス語を用いる理由があるだろうか。図版にあるノートはポーランド語で記されており、内容は明らかにこのプルースト論のためのメモである。わたしとしては、ポーランド語で講義したのではないかと考えているのだが、ともあれ、このように本書をめぐってはまだ解明されていない謎も残っているものの、チャプスキがグリャーゾヴェッツでプルーストについて語ったこと、そして本書がその記録であること自体は間違いない歴史的事実である。

なぜプルーストなのか？

収容所では、肉体の維持が最も重要となる。だが、肉体にのみ関心を向ける生き方は、多くの場合、人間の尊厳を傷つける。まさに「人はパンのみにて生きるわけではない」のであり、精神的活動がなければ、日々はただ生存の連続にすぎなくなってしまう。精神の活動こそが、今日を昨日と区別し、わたしを他者と区別する。つまり、人間を人間たらしめてくれるのだ。多くの収容者が必死で日記を付けようとするのも、このためである。読書の機会もかけがえないものとなる。

チャプスキと同時期にソ連の思想犯収容所で日々を過ごしたヴァルラーム・シャラーモフは、偶然入手した『ゲルマントの方』に読みふけり、「プルーストは睡眠よりも大事だった」と述べている（『コルィマ物語』）。

アウシュヴィッツ強制収容所にいたユダヤ人作家プリーモ・レーヴィは、ふとダンテの『神曲』の一節を思い出す。そして、同房者に向かってその一節を説明する必要に駆られる。

明日はどちらかが死ぬかもしれない。あるいはもう会えないかもしれない。だから彼に語り、説明しなければ、中世という時代を。このように、予想もできないような、必然的で人間的な時代錯誤を犯させる時代を。そしてさらに、私がいまになって初めて、一瞬の直観のうちに見た何か巨大なもののことを、おそらく私たちにふりかかった運命の理由を説明できるもの、私たちがここにいるわけを教えられるものを、説明しなければ……。

（プリーモ・レーヴィ『アウシュヴィッツは終わらない』）

あるイタリア人生存者の考察』、竹山博英訳、朝日出版社、一九八〇年、一四〇頁）

明日は死ぬ身かもしれないのに、なぜ文学作品を思い出し、伝えることが、それほど重要なのか。それは文学が「私たちがここにいるわけを教えられる」からにほかならない。といっても、合理的な説明を与えるということではない。ただ、過去にも同じような状況があり、その状況を把握する精神があり、それが言葉として残されていることを確認するだけで、わたしたちは「いま・ここ」しかない人生から、少しはみ出すことができるのだ。

ポーランド文学について話すことは、愛国心と反抗への連帯感を高めるおそれがあるため、ソ連軍から禁止されただろう。それにしても、なぜプルーストなのか。著者自身も、「まさか自分の死後二十年経って、ポーランドの囚人たちが、零下四十度はざらに下回る雪の中で一日を過ごしたあとに、ゲルマント夫人の話やベルゴットの死など、あの繊細な心理的発見と文学の美に満ちた世界について、わたしが覚えていたこと全部に、強い関心を寄せて聞き入ることになるとは、さすがの彼も思わなかっただろう」と序文で述べているとおり、収容所とプルーストという組み合わせは意外性に富んでいる。一杯の紅茶も飲めない環境で、菩提樹のハーブティーに浸したマドレーヌから少年時代の記憶が甦る話を聞くのはどんな感じなのか、ちょっと想像もつかない。

プルースト論としての意義

あらためて言うまでもなく、プルーストの『失われた時を求めて』は二十世紀を代表する名作である。しかも、単に名作として祀りあげられるだけでなく、今なお文学愛好者を惹きつけてやまない。とくに日本では、新潮社から出た淀野隆三、井上究一郎、伊吹武彦、生島遼一、市原豊太、中村真一郎による初めての全訳以降、井上究一郎（ちくま文庫）、鈴木道彦（集英社文庫）、吉川一義（岩波文庫）、高遠弘美（光文社古典新訳文庫）の諸氏が個人完訳を手がけるなど、長大さのために挫折する読者も少なくないなか、異様とも言えるほどの人気を誇っている。角田光代、芳川泰久によるリライト版（新潮社）やステファヌ・ウエによるコミック版（白夜書房）の出現は、全巻通読は無理でも、やっぱりプルーストの世界に触れてみたい、という読者の関心の高さの表われとも言える。

プルーストの文学には、スノッブな匂いがつきまとう。定職に就くこともなく小説を書こうとして一生を過ごしたブルジョワ男性の物語であり、しかも社交界や恋愛が主題である。こんな小説を収容所で思い出したとしても、せいぜい安逸な日々へのノスタルジーをかきたてるだけではないか、と思われるかもしれない。しかし、チャプスキの講義は、そのようなものではなかった。むしろ、社交界の華やかな話題に終始していると思われがちなプルーストが、実際には誰よりも冷静に、そして孤独に現実を直視していたことを思い出す機会となったのである。

チャプスキは、まず『失われた時を求めて』の文学史的背景である自然主義と象徴主義の並行関係を指摘することから始める。その代表として画家ドガを挙げる。プルーストは科学的なまでに正確な描写と分析を展開する一方、連想と比喩による喚起力において象徴主義的な作風をもつ作家であり、その点でドガと共通している、という見取り図が提示される。

喚起力をもつのは、個別の比喩だけではなく、プルーストの文体そのものでもある。『失われた時を求めて』をポーランド語に訳したボイ・ジェレンスキが、「読みやすいプルースト」を作り上げたことを、チャプスキは批判する。ジェレンスキは、ポーランドにおけるフランス文学受容の最重要人物である翻訳家だが、文体模倣（パスティーシュ）の得意なプルーストが、あらゆる文体を駆使できる能力があるにもかかわらず、あのような文体を選んだことには、作家としての責任を見るべきであるとチャプスキは考えた。

プルーストの文章は常に長いわけではなく、たとえば有名なマドレーヌ挿話のあたりは、短く論理的な文を継いでいくことで、語り手の探究の切迫感をよく表している。文学作品の翻訳者は、意味だけでなく、文体を移し替えるべきであることは言うまでもない。とはいえ、原文ではスムーズに意味がわかる文を、文構造（シンタックス）を遵守するあまり、日本語（あるいはポーランド語）として難解な文に訳してしまっては、原文の文体効果が失われてしまうことになる。

興味深いのは、『失われた時を求めて』のなかにパスカル的要素を見出していることだ。語り手は社交界や美や恋愛のむなしさを痛感し、最後に神ではなく、芸術としての文学に救済を見出す。晩年のプルーストは病身に鞭打ち、ほとんど外出もせず、自室のベッドで執筆を続けた。いつ解放されるのか予想もつかない苛酷な状況でチャプスキがプルーストを思い出したとき、病気のために蟄居を余儀なくされながらも死に対してほとんど無関心でいられたプルーストの姿は、大きな慰めだったにちがいない。しかも、芸術の救済を語るプルーストは、獄中のチャプスキと同じく、記憶のなかの芸術を見つめていたのだ。本書に見出されるのは、プルーストの「快楽」を語りがちな平和な批評家には見えない、死を前にした厳しいモラリストとしてのプルースト像である。本書の原題『堕落に抗するプルースト』とは、このパスカル的プルーストのことであり、同時にプルーストのおかげで知的堕落に抵抗した捕虜たちの姿をも示唆している。

肉体が疲労し、未来の計画が一切閉ざされた状況において、なお文学に意味があるとすれば、それはまさに、そのような状態においてこそ、人間とは何なのかという真実の探究が切実な意味をもつからにほかならない。チャプスキがとくに愛読したポーランドのロマン主義詩人ツィプリアン・ノルヴィットの言葉を引用すれば、

人間は、真実に対して証しをたてるためにこの惑星に生まれくる。であるから、あらゆる文明は、それ自体が目標なのではなく、あくまで方法としてみなすべきであることを知り、心に銘じなければならない。であるからまた、文明に魂を売りわたしながら同時に教会で祈りを捧げることは、タルチュフの道を行くことである。

（ミウォシュ『ポーランド文学史』長谷見一雄訳、四五一頁）

ということになる。タルチュフの道、すなわち偽善者の道ではなく、真実の道を行くこと。キリスト教神秘主義の香りがするノルヴィットの詩は、のちにポーランド出身の法王ヨハネ＝パウロ二世も取り上げて論じている（二〇〇一年七月一

日付の公開書簡）。プルーストもまた、真実の探求に没頭した作家であり、その点において、ノルヴィットと無神論的なプルーストの意外な接点が見出されるだろう。

だがまた別の観点からすると、作品は幸福のしるし（シーニュ）である。なぜなら作品は、あらゆる恋愛のなかに特殊なものと並んで普遍的なものがあることを私たちに教えるとともに、一種の軽業で特殊から普遍へと移行すると、それが悲しみの原因を無視して本質を深めさせ、こうして私たちに悲しみに耐える強さを与えることを教えているからだ。〔……〕人生が壁をめぐらせるところに、知性は出口を穿つ。なぜなら、受け入れられなかった恋を癒やす薬はなくても、苦しみを確認すればそこから脱出できるからだ――たとえそれが苦しみに含まれている結果を引き出すだけにすぎないとしても――。

（『見出された時I』、鈴木道彦訳、四四一―四四二頁）

わたし自身も、プルーストを読み返すたびに、あるいは読み返す間もなく、ただ思い出すたびに、大きな慰めと励ましを得てきた。貴族とブルジョワの社交界には、いまだに興味をもてないままだが、時間のなかで変化する自己と世界の関係、つねに遅れて開示される真実の残酷さ、鋭い人間観察を表現する際のユーモアと独創的な比喩、断定を保留しつつも絶えず真実を求める知的誠実さには、いつでも心打たれる。『失われた時を求めて』を貫いているのは、真実の探究という文学の営為は、たとえときに残酷であっても、ひとつの救いなのだ、という確信である。

そして、このような探究に従事しているかぎり、人は死を恐れなくなる。真実は、死によって規定される人生の長さとは無関係に存在するからだ。プルーストの場合、真実は感覚の記憶のなかにあった。自分がかつて生きていたことを現在の感覚を通じて喚起されるとき、人は時間の外側に飛び出し、死のない真実の瞬間に触れるのである。このように死に対して無関心でいられるということもまた、獄中のチャプスキがプルーストに見出した慰めだったのではないだろうか。

ひとつだけ不思議なのは、画家チャプスキが、なぜエルスチールについて語らなかったのかということだ。ホイッスラー（Whistler）のアナグラムから命名されたエルスチール（Elstir）は、モネやルノワールを思わせるポスト印象主義の画家として、『失われた時を求めて』の前半部でとくに重要な役割を果たす。作家のベルゴットが、実物の凡庸さによって語り手を落胆させるのに対し、エルスチールの作品と人物は、語り手に芸術および芸術家の可能性を信じさせることになる。ゲルマント邸を訪れた語り手が真っ先にしたのも、公爵が所蔵するエルスチールの絵を見ることだった。

エルスチールの絵は、印象の錯覚とその修正をともに表現する。それこそが、観察者にとっての真実だからだ。プルーストもまた、ある人物についての最初の印象が次々に知識や経験によって変容していく様子を語りながら、最終的な真実とは何かということについて、考察をめぐらせていく。それこそは、この長大な小説が長大でなければならない理由でもある。ポスト印象主義的な画風の持ち主であるチャプスキが、エルスチールについて語らないのは、その意味でも不思議でならない。

収容所内で語られたプルースト論に学術的な意義を求めることはできない。たとえば、チャプスキはプルーストと語り手を素朴に混同しているが、これは現在の文学研究では決定的に排除されている読み方である。とはいえ、チャプスキが読んだ一九二〇年代には、『失われた時を求めて』が事実にほぼ忠実な自伝的小説と思われがちだったのも事実である。

また、チャプスキは記憶に頼って引用しているため、細部においては不正確な箇所も多いが、典拠の見出せない思い違いはきわめて少ない。『失われた時を求めて』の訳者のひとりである高遠弘美は、個人全訳第三巻の「読書ガイド」で本書を紹介し、「勘所を外さないその「引用」と原文を比べると、言いようのない感動に襲われる。チャプスキはここまでプルーストを我が身の血肉としていたのだ」（『失われた時を求めて』第三巻、光文社古典新訳文庫、二〇一三年、五二九頁）と述べている。このこと自体が、病身で、手元に本のないまま膨大な文学作品を引用してみせたプルーストの書き方と共鳴している。両者とも、それが最善の方法だと思っていたわけではないだろう。ただ、正確な書き写しが許されない状況でも、文学について語ることは禁じられていないし、むしろそのような状況でもなお語らずにはいられない文学こそが、その人にとっていちばん重要な問題に応えてくれるはずだ。なぜなら、読書は、本を読んでいる時間ではなく、読んだ後の人生における反映で、初めてその射程が測られるものだからだ。ジョージ・スタイナーの有名な評論の題名を引くなら、これは「人間を守る読書」の輝かしい実践例なのである。

二十代の頃に読んだ本が、四十代になって、ようやく意味がわかることがある（実際に、チャプスキは二十代の画家として読んだプルーストを、四十代の将校として回想した）。時間とともに開示される意味とは、プルーストの作品の主題そのものでもある。そう考えると、捕虜収容所内でチャプスキが想起したプルーストこそは、逆説的に、最も純粋な読書体験の記録と言えるかもしれない。解放後に講義を再現するにあたって、あえて原文を参照しなかったのは、彼にとって最も貴重なプルースト像を、正確さによって裏切りたくなかったからではないだろうか。

本書は収容所内で極秘に綴られた手記ではない。また、収容所を脱出した経緯も書かれていない。その点では、たとえば多くのユダヤ人の戦争体験記などとは性質が大きく異なる。しかし、それでもなお感動的なのは、あれほど追いつめられた状況において、外国文学が精神の「堕落」への抵抗の根拠となったということである。それは驚くべきことである。しかし、あり得ないことではないのだ。

さらに言えば、トルストイやゲーテといった、いわば当時の敵国の文学もわけ隔てなく受容し、プルースト論に引用してみせる精神の開かれ方にも、注意すべきものがある。チャプスキは、ドイツ語とロシア語にも堪能だった。外国語による文学作品の読書がこれほどまでに人を動かすのだということを、この『収容所のプルースト』は証明している。どんな言語で書かれていようが、真実を探究する文学は人を感動させ、勇気づけ、救ってくれるのである。

パリのポーランド書店

わたしが本書をはじめて手にしたのは、パリのサン＝ジェルマン＝デ＝プレ大通り一二三番地にある「ポーランド書店」（Librairie Polonaise / Księgarnia Polska）でのことだった。重い扉を押して、細長い店内に入ると、ポーランド関連のフランス語書籍が、背の高い本棚にぎっしりと並べられている。鉄製の螺旋階段を上った二階には、ポーランド語の書籍がある。本書でも言及されているボイ・ジェレンスキ訳の『失われた時を求めて』（W poszukiwaniu straconego czasu）も見かけたことがある。

この書店の母体は、一八三〇年の帝政ロシアに対する十一月蜂起に失敗した亡命知識人が一八三二年に創立した「ポーランド文芸協会」（Société littéraire polonaise）である。その前年にパリにやってきた作曲家フレデリック・ショパンは、この協会の初代運営委員に立候補し、委員に選出されている。ジョルジュ・サンドやアルフレッド・ド・ヴィニーが参加しているのも興味深い。同時期にパリに亡命したアダム・ミツキェーヴィチは、ポーランドの国民的叙事詩とされる『パン・タデウシュ』をパリで刊行し、コレージュ・ド・フランスの初代スラブ語講座の教授にもなった。

ポーランド文芸協会は、多くの亡命ポーランド人が住むサン＝ルイ島に事務局を置き、書店と同時期に創設された「パリ・ポーランド図書館」は現在も同地にある。こちらは亡命者の蔵書を中心にポーランド語書籍および関連書籍を収集・所蔵している。ポーランド文芸協会は、やがてポーランド歴史文芸協会と改称し、祖国がドイツ文化やロシア文化の影響を受けることへの反発をパリから発信する亡命知識人の拠点として機能することになる。

ポーランド書店の方は、一九二五年に現在の住所に移転したが、ナチス時代には二年間の閉店を余儀なくされた。戦後は、祖国の全体主義的な体制に反対する亡命知識人の拠点となり、積極的な出版活動に乗り出す。この点で、パリに亡命していたユダヤ人で、『シェイクスピアはわれらの同時代人』で有名なポーランド人批評家ヤン・コットの次の証言は興味深い。

一九四六〜七年の間に、数は少ないが西側に留学した奨学生がいた。格別信用が置かれているわけでもない人文系の青年たちが当時はパリに送られた。どのみち害はなかろう、せめて言葉をしっかりマスターして帰ってくればそれでいい——という考えからだった。五〇年代に入り、思想的にしっかりとした、骨のある一番有望な者がモスクワに派遣されるようになった。結果は見事に予想を裏切るものだった。フランスに行った留学生たちは、サルトルを読みふけり、腐敗した西側世界に対する侮蔑の念で一杯になって帰国し、いち早く入党した。一方モスクワ帰りの方は、手書きで写したアフマートヴァやマンデリシュタームの詩、危険を冒して入手したエセーニンやパステルナークの著作を持ち帰った。そしてロシアの最初の異端分子たちの間に友をこしらえてきた。彼らの共産主義は完全に治癒されていた。

（ヤン・コット『私の物語』、関口時正訳、みすず書房、一九九四年、二四三—二四四頁）

パリのポーランド書店の外観と店内。2015年、訳者撮影

パリ留学が共産主義者を生み、モスクワ留学が反共産主義者を生んだ、というのはやや出来過ぎた逆説だろう。終戦後もワルシャワに帰らず、パリに居着いた亡命ポーランド人は、ほとんどが反共産主義、というより反全体主義者だった。

ポーランド書店は、一九九一年にノワール・シュル・ブラン社に買収される。この出版社は、スイスのローザンヌに本拠を置き、ポーランド語やロシア語の書籍のフランス語訳と、各国語の書籍のポーランド語訳を主に刊行している。これまでの編集顧問には、二人のノーベル賞受賞者（生物学者のマンフレート・アイゲン、作家のエリ・ヴィーゼル）をはじめ、歴史学者のジャック・ル・ゴフ、文学批評家のジャン・スタロバンスキ、作家・哲学者のアンドレ・グリュックスマン、映画監督のアンジェイ・ワイダ、作曲家のクシシュトフ・ペンデレツキ、画家のバルチュスなど、錚々たる面々が並んでいる。アイゲンとル・ゴフを除けば、いずれもポーランド人またはポーランド系の人物である。『クルトゥーラ』の創刊者イェジー・ギェドロイツも、もちろん顧問の一人だった。

というわけで、二〇〇四年にポーランド書店でわたしがチャプスキの本を手にしたのは、偶然ではなかった。この書店は、パリにおけるポーランド人の歴史と戦いの証言者であり、ジョゼフ・チャプスキは、第二次大戦後の亡命知識人の精神的支柱だったのである。

*

本書は、ジョゼフ・チャプスキによるエッセイの全訳である。底本には、Joseph Czapski, *Proust contre la déchéance. Conférences au camp de Griazowietz*, Noir sur Blanc, coll. « libretto », 2012. を使用した。訳出に際しては、読みやすさを考慮して、原書にはない小見出しを付けた。また、一段落が長い箇所は、適宜改行したことをお断りしておく。

なお、「編者による注記」にもあるとおり、チャプスキのフランス語には、若干の文法的な誤りや、ややぎこちない言い回しが散見される。これもまた、外国人によるフランス文学への貢献ということを考えるうえで、無視できない部分だろう。フランス人のようにフランス語を書けなければフランス文学について語れない、ということはない。ただし、このぎこちなさを翻訳で尊重しても、その意義があまり伝わらないおそれがある。したがって、本書の訳文は、講演録であるという性質も考慮し、基本的にはスムーズな日本語で書くことを目指した。

翻訳の底本とした二〇一二年のフランス語版は、一九八七年にスイスのノワール・シュル・ブラン社から刊行されたテクストを再録し、さらに前述の講義ノートの複製やチャプスキの肖像写真を数葉載せている。なお、本書には、すでに二種類のイタリア語訳（二〇〇五、二〇一二）、ドイツ語訳（二〇〇六）、スペイン語訳（二〇一五）が存在することも言い添えておく（詳細は著作一覧を参照）。

プルーストの引用は、鈴木道彦訳『失われた時を求めて』（集英社文庫）に拠り、該当箇所を注記した。ポーランド人作家の人名や作品名については、チェスワフ・ミウォシュ『ポーランド文学史』の記述を踏襲し、その他の人名や地名の読み方については、ポーランド文学の専門家でもある立命館大学の西成彦先生にご教示いただいた。記して謝意を述べたい。

共和国の下平尾直さんには、ロマン・ガリの『夜明けの約束』に引き続き、大変お世話になった。あらためて感謝申し上げる。

二〇一七年十一月　金沢にて

岩津航

本解説の執筆および訳注作成にあたって、以下の文献を参考にした。

Annick Bouillaguet et Brian G. Rogers (dir.), *Dictionnaire Marcel Proust*, Paris, Honoré Champion, 2004.

Joseph Czapski, *Souvenirs de Starobielsk*, Lausanne, Noir sur Blanc, 1987.

Joseph Czapski, *Tumultes et spectres*, traduit du polonais par Thérèse Douchy, Lausanne, Noir sur Blanc, 1991.

Joseph Czapski, *L'art et la vie*, textes choisis et préfacés par Wojciech Karpinski, traduit du polonais par Thérèse Douchy, Julia Jurys et Lieba Hauben, Lausanne, L'Age d'Homme / UNESCO, 2002.

Emmanuel Dufour-Kowalski, *Joseph Czapski*, *un destin polonais*, avant-propos de Jeanne Hersch, Lausanne, L'Age d'Homme, 1997.

Sabine Mainberger et Neil Stewart (dir.), *À la recherche de la Recherche : Les notes de Joseph Czapski sur Proust au camp de Griazowietz, 1940-1941*, Lausanne, Noir sur Blanc, 2016.

Guillaume Perrier, « « Douces choses férocement lointaines » : deux lectures de Proust dans les camps soviétiques », *Amnis* [en ligne], n° 9, 2010, URL : http://amnis.revues.org/822

Christophe Pradeau, « L'arche et le camp. Proust et Czapski », *Fabula* / Les colloques « Proust et les dialogues critiques », URL : http://www.fabula.org/colloques/document2164.php.

Jil Siberstein, *Lumières de Joseph Czapski*, Lausanne, Noir sur Blanc, 2003.

関口時正『ポーランドと他者　文化・レトリック・地図』、みすず書房、二〇一四年。

フィリップ・ミシェル＝チリエ『プルースト博物館』、保苅瑞穂監修、湯沢英彦、中野知律、横山裕人訳、筑摩書房、二〇〇二年。

マルセル・プルースト『失われた時を求めて』（全十三巻）、鈴木道彦訳、集英社文庫、二〇〇六―二〇〇七年。

チェスワフ・ミウォシュ『ポーランド文学史』、関口時正、西成彦、沼野充義、長谷見一雄、森安達也訳、未知谷、二〇〇六年。

メゾン＝ラフィットにて，1988 年。
マリアナ・クック撮影。

Joseph CZAPSKI

ジョゼフ・チャプスキ

1896年、ポーランド貴族の息子としてプラハに生まれ、1993年、パリ近郊に没する。ポーランドの画家、美術批評家、エッセイスト。帝政ロシア軍に入隊後、反戦主義を理由に離脱。ポーランドに帰国後、対ソ戦争に従軍。1920年代にパリで絵画修行。1939年、ドイツ軍のポーランド侵攻とともにソ連軍の捕虜となるが、41年に解放される。第二次大戦後は、月刊誌『クルトゥーラ』の編集に参加し、世界各地で個展を開催するなど精力的に活動した。単著の邦訳は本書が初めてとなる。

IWATSU Ko

岩津航

一九七五年、大阪府に生まれる。関西学院大学大学院を経て、パリ第四大学博士課程修了、博士（文学）。現在は、金沢大学人間社会学域教授。専攻は、フランス文学、比較文学。

主な著書に、『死の島からの旅――福永武彦と神話・芸術・文学』（世界思想社、二〇一二）、『近代日本とフランス象徴主義』（共著、水声社、二〇一六）、『文学海を渡る――〈越境と変容〉の新展開』（共著、三弥井書店、二〇一六）など、訳書に、ロマン・ガリ『夜明けの約束』（共和国、二〇一七）、ウーク・チャング『キムチ』（青土社、二〇〇七）などがある。

二〇一八年一月二〇日初版第一刷発行
二〇二一年三月三〇日初版第四刷発行

収容所のプルースト

著者……ジョゼフ・チャプスキ
訳者……岩津航
発行者……下平尾直
発行所……株式会社 共和国 editorial republica co., ltd.
東京都東久留米市本町三-九-一-五〇三 郵便番号二〇三-〇〇五三
電話・ファクシミリ〇四二-四二〇-九九九七
郵便振替〇〇一二〇-八-三六〇一九六 http://www.ed-republica.com
印刷……モリモト印刷
ブックデザイン……宗利淳一
DTP……岡本十三
本書の内容およびデザイン等へのご意見やご感想は、
以下のメールアドレスまでお願いいたします。naovalis@gmail.com

IBN978-4-907986-42-1 C0098

境界／の／文学

既刊
四六変判 上製

（価格税別）

鏡のなかのボードレール
くぼたのぞみ
二〇〇〇円
978-4-907986-20-9

ラングザマー 世界文学をめぐる旅
イルマ・ラクーザ／山口裕之訳
二四〇〇円
978-4-907986-21-6

タブッキをめぐる九つの断章
和田忠彦
二四〇〇円
978-4-907986-22-3

ダダイストの睡眠
高橋新吉／松田正貴編
二六〇〇円
978-4-907986-23-0

渚に立つ 沖縄・私領域からの衝迫
清田政信
二五〇〇円
978-4-907986-47-6

カフェ・シェヘラザード
アーノルド・ゼイブル／菅野賢治訳
三二〇〇円
978-4-907986-72-8